トラウマの恋にて取扱い注意!?

1　トラウマとの再会

ああ、またあの夢を見ている――と、私にはすぐにわかった。

時は十年前、場所は通っていた高校の校舎だ。

バカみたいに息を切らして、階段を駆け上《のぼ》っている私が見える。三階の教室にいるあの人に会いたい一心で。今日こそ「好きです」と伝えようなんて、無謀な決心を胸に秘めて。

やめておけばいいのに。いやいや、やめておきなさい。傷付くだけだから。

そんな私の言葉は、夢の中の私に届くはずもない。

できるなら、全力で阻止したい。でも、もう何十回も試したけれど、阻止できたことなど一度もないのだ。夢だもの。わかってる。

その間にも、高校生の私が階段を上りきり、彼のいる教室のドアに手をかける。

この後の出来事は、何度夢に見ても慣れるものじゃなかった……

だから、見たくなくて聞きたくなくて、私は目を閉じ耳を塞《ふさ》いだ。

でも、その結末からは逃げられない。

「志穂《しほ》って、色気ゼロ。とても女とは思えないって」

それは大好きな彼の声だ。

ああ……何度聞いても、この言葉は私の心を抉《えぐ》る。

初恋の人は、私を女と思っていなかった。

夢だってわかっているのに、胸が苦しくて痛い。

その時、私の視界がぐらりと揺れ、足下にぽっかりと穴が空《あ》く。私は抵抗もせずにその穴に落ちた。この夢から抜け出せるなら、もう、どこに落ちたって構わない……


がくん、と落下する感覚にびくっと体を揺らし、森園《もりぞの》志穂は突っ伏していたテーブルから顔を上げた。ぼんやりとした視線を巡《めぐ》らせ、アラームを響かせている携帯に手を伸ばす。

「……やだ、もう朝じゃない」

志穂は呻《うめ》くように呟《つぶや》いてアラームを止めると、ぼさぼさの髪の毛を乱暴に掻《か》き上げた。

テーブルの上には、飲みかけの芋焼酎の入ったグラスと、食べかけの焼き鳥がそのままになっている。昨夜、借りてきたＤＶＤを見ながら晩酌《ばんしゃく》しているうちに、どうやら寝てしまったらしい。

テーブルに突っ伏した姿勢で眠っていたせいで、あちこち軋《きし》む体をなんとか起こし、志穂は深々とため息を吐き出した。

「……嫌な夢を見ちゃったわ」

志穂は苦々しく呟く。

先程まで見ていた夢は……昔、志穂が実際に体験したことだった。思い出したくない過去、黒歴史と言ってもいい出来事。

高校一年生の時、志穂は同じ陸上部のふたつ年上の先輩に恋をした。

彼はいつも志穂を気にかけてくれていて……だから、もしかしたら彼も私を――なんて、正直少し自惚《うぬぼ》れていたのだ。

けれど……結果は夢の通りだ。告白するまでもなく、志穂の恋はあっけなく砕け散ってしまった。しかも「色気がなくて女とは思えない」という、ぐっさりと心を抉る理由で。

志穂の性格がダメ、とかなら落ち込みはしてもまだ納得できたかもしれない。でも色気がないなんて理由は、あんまりだ。

そんなに色気が大事なのかと猛烈に腹が立ったのと同時に、立ち直れないほど落ち込んだ。両思いかもと自惚れていたため、実際は女とも認識されていなかったという事実に、志穂の心は深く傷付いたのだ。十年経っても夢に見るくらいに。

再び大きなため息をついた志穂は、立ち上がってすっかり凝《こ》り固まった筋肉を解《ほぐ》すように思い切り伸びをした。

それから背中まである髪の毛を結わえると、「よし」と小さく声を出す。そして、てきぱきと出勤準備をはじめた。

眠気覚ましに熱いシャワーを浴びた後、お弁当を作る。そして派手に見えないメイクを入念にし、髪の毛を緩《ゆる》く巻いて……

全ての準備を済ませた志穂は、鏡の前に立って色々な角度から自分の姿をチェックした。

――女子力ありそうに見える……よね？

隅々《すみずみ》までチェックした限り、おかしいところはないはずだ。だって、今まで散々女性らしく見えるスタイルを研究してきたのだから、大丈夫に決まっている。

『色気ゼロ。とても女とは思えない』

彼のその言葉を聞いた時、志穂はそれを否定できない自分に気付いた。だからこそ、余計に傷付いたのだ。

高校時代の志穂は、短距離走に命をかけた生活をしていて、真っ黒に日焼けした野生児のような外見をしていた。お洒落《しゃれ》になんて興味もなかったし、色気なんてものとはほど遠い容姿だったのは間違いない。

だけどそれが普通で、それでいいと思っていた――あの言葉を聞くまでは。

彼の言葉で、志穂はそれまでの意識を変えた。

――もう二度と誰にもあんなことは言わせない！

それをモットーに、絶対に色気のある女になってやると心に誓ったのだ。

とは言っても、色気を身に付ける方法なんてわからない。だからまずは女子力を上げようと、それまで見向きもしなかったファッション雑誌を買い込んで、服装や髪型やメイクを研究しまくった。更に料理ができれば女子力が上がる気がして、ほとんどやったことのなかった料理もはじめたのだ。

けれど一番大変だったのは、女性らしい仕草を身に付けることだった。

足を広げて座らない、という初歩中の初歩からはじまり、笑い方、食事の仕方、歩き方立ち方……街行く人を観察し常に研究を続けてきた。

メイクにしても料理にしても振る舞いにしても、投げ出したくなったのは一度や二度ではない。なんでこんなこと頑張っているんだろうと、嫌になったことも数え切れないくらいある。ずぼらでがさつで要領の悪い自分に、何度絶望したことか……

でもその度に、彼の言葉が耳の奥にはっきりと蘇《よみがえ》ってきて、絶対に女らしくなるんだと自分を奮《ふる》い立たせてきたのだ。

そんな努力と頑張りの甲斐あって、こうして女らしく見えるまでになった。

鏡の中の自分をまじまじとチェックしていた志穂は、鏡に映った壁掛け時計を見て、「わっ」と大きな声を上げる。

「……っ、いけない！　遅くなっちゃった……！」

大慌てでバッグを引っ掴《つか》み、志穂はばたばたと部屋を出た。


大きな通りに面したビルの一階にある人気のヘアサロン。ここが志穂の職場だ。

高校を出て美容師の専門学校に入った志穂は、卒業してからずっとこの店で働いている。勤続五年ともなると、ありがたいことに指名してくれるお客さんもたくさんできた。仕事にやりがいも感じている。

しかし、まさか自分が美容師になるとは考えもしなかった。だって、自分の髪の毛すら邪魔にならないよう適当に結ぶくらいしかしたことがなかったのだから。

そんな志穂の今があるのは、悔しいがやっぱり彼の一言があってこそなのだろう。

あの言葉がなければ、美容関係の仕事に興味を持つこともなかったはずだ。

――もしかして私は、先輩に感謝するべきなのかしら。

そんなことを考えながら、志穂は息を切らして職場――ヘアサロン『アクアマリン』の中に飛び込んだ。

「おはようございますっ」

志穂の声に、チリンと涼やかな鈴の音《ね》が重なる。店内はまだ開店準備の最中であり、どうやら遅刻は免《まぬが》れたようだ。

けれどほっとしている時間はない。志穂は急いでロッカールームへ向かい、大事な仕事道具の入ったシザーケースを腰に巻く。

髪は乱れていないだろうかと鏡を覗《のぞ》いたところで、突然後ろから「志穂さん」と声をかけられた。

「ひゃあっ」

自分以外誰もロッカールームにいないと思い込んでいた志穂は、素《す》っ頓狂《とんきょう》な声を上げてしまう。

「あ、ごめんなさい。驚かせちゃいました？」

「……やだ、急に声をかけたらびっくりするじゃないの。心臓に悪いわよ、アリサちゃん」

志穂はなんとか穏やかな笑みを顔に貼り付けて振り返った。

本当は「びっくりしたじゃないのっ！」と、大きな声を出したいところだが、女らしさを心がける志穂はそんな気持ちをぐっと呑み込む。

「だって、いつもお店に一番乗りの志穂さんが遅刻ぎりぎりだったから、心配してたんですよ」

そう言って、大きな瞳で志穂のことを見上げてきたのは、三歳年下の後輩美容師、佐々木《ささき》アリサだ。新人の彼女を志穂が指導したのがきっかけで、いつの間にか仲良くなっていた。

……かなり厳しくしたから嫌われてもおかしくなかったのに、妙になつかれている。

アリサが言うには「私、ドMなんで痺《しび》れました」なのだそうだ。

「志穂さん、どうしたんですか？　もしかして……具合でも悪いんですか？」

そう言ってアリサは、心配そうな表情で志穂の服を掴《つか》んだ。

小柄で可愛らじい顔をしたアリサは、なんとなく小動物を彷彿《ほうふつ》とさせる。その愛らしさに、志穂の胸は思わずキュンと音を立てた。

「ありがとう、アリサちゃん。ちょっと嫌な夢を見ちゃっただけなの。全然大丈夫よ」

「……よかった！　もうっ、すっごく心配したんですから」

アリサはそう答えると花が咲くように顔を綻《ほころ》ばせた。そんなに心配してくれるなんて、と志穂はちょっと感動してしまう。

「今日、仕事終わりに居酒屋で飲み会を予定しているんです。志穂さんも勿論きてくれますよね？じゃないとアリサ、寂しいです」

胸の前で指を組み、首を傾《かし》げて上目遣いで見上げられ、志穂はうっと息を呑んだ。

アリサは可愛らしい外見のくせに、時々同性の志穂から見ても色っぽいと思うことがある。こんなふうに誘われたら、男性ならきっとイチコロだろう。

——その色気、どうやったら身に付くの？

そんな疑問が口を衝《つ》いて出そうになる。やっぱりこういうものは天性のものなんだろうなとうらやましく思った。

「志穂さん？」

ハッとして顔を上げた志穂の視線の先では、アリサが不思議そうな表情で顔を覗《のぞ》き込んでいた。

「どうかしました？　ほら、急がないとミーティングがはじまっちゃいますよ」

「そ、そうね」

——やだ、あんな夢を見たせいで、なんだか今日は変だわ。

ひとつ息をついて、志穂は気持ちを切り替える。そして、もうあの頃とは違うんだから自信を持て、と自分に言い聞かせた。

アリサに促《うなが》されてロッカールームを出ると、既に店員達が店の一角に集まっていた。

「あ、もうみんな集まってますよ、ほら、志穂さん急いで」

「ええ」

志穂の勤めるこの『アクアマリン』では、毎朝始業時間前のミーティングで、予約状況などの確認をしている。特に最近は、二号店出店に伴《ともな》い登録したクーポンサイトの効果で、新規のお客様が増えているのだ。

さらに元々いたベテランの美容師が二号店に異動となり人手不足のため、この数週間は目が回りそうなほど忙しい。今日も新規のお客様の予約が詰まっているようだ。

嬉しいことだが、きっと今日もまともに昼も取れないだろう。それでも志穂は明日休みだし、なんとか今日一日乗り越えれば……と、自分に気合を入れる。

その時、横からくいっと服の袖が引っ張られた。

「志穂さん」

隣に立っているアリサがこっそりと耳打ちしてくる。

「今夜の飲み会、参加してくれますよね？　ストレス発散しましょうよっ」

小さくウインクされ、志穂はくすっと笑った。

自宅に帰っても、大好きな芋焼酎を飲みつつ、お笑いのＤＶＤを見て過ごすくらいしか予定はないのだ。それならたまには同僚と飲み会というのもいいかもしれない。

「ええ、参加させてもらうわ」

そう答えると、アリサは嬉しそうに笑って「やったぁ」と小さくガッツポーズする。

そんな彼女の姿を見ながら、志穂は可愛い後輩と楽しいお酒を飲むために、今日も一日頑張ろうと思った。

「それでは皆さん、今日も一日よろしくお願いします」

店長の挨拶が終わり、それぞれが持ち場につく。志穂が準備を整えているうちに、ちらほらと予約のお客様が店にやってきた。

志穂には朝イチから指名が入っている。いつも指名してくれる馴染《なじ》みの若い女性の趣味に合わせ、雑誌を数冊手に取ったところで、店内にチリンと鈴の音《ね》が響いた。

店に入ってきたのがその女性だとわかり、志穂は雑誌を手にしたまま「いらっしゃいませ」とにこやかに彼女を出迎える。

彼女の荷物を預かり、軽く天気の話をしつつ席まで案内した。

「今日はカラーとカットでよろしかったですか？」

「はい。毛先だけ揃えてください」

「髪の毛、伸ばすんですか？」

志穂は髪に、櫛《くし》を通しながら問いかける。

彼女が初めてここにきた時、たまたま担当したのが志穂だった。背中まで伸びた髪を切ってほしいと言われてショートボブにしたら、いきなり泣きだしてしまったのだ。

泣きやんだ彼女から実は失恋したのだと聞かされ、志穂だけでなく店内にいた誰もが髪型のせいじゃなくてほっと胸を撫で下ろした……というエピソードがある。

あれから彼女は数ヶ月に一度店を訪れ、志穂を指名してくれている。今では彼女が志穂より二つ年下の保育士で、最近気になる相手ができたということまで知っている。

「ショートボブも似合ってますけど、きれいな髪だから伸ばすのもいいかもしれないですね」

志穂がそう言うと、なぜか彼女は鏡越しに縋《すが》るような視線を向けてきた。

「あの……似合うと思いますか？」

そのあまりに必死な視線にぴんときて、志穂はにっこりと微笑む。

「ええ。きっと似合いますよ。彼は長いほうが好きなんですか？」

多分そうだろうと思って言ったのだが、鏡に映る彼女の顔は、答えを聞く必要がないほど真っ赤になっている。あまりにも可愛らしいその反応に、後ろから彼女を抱きしめたくなってしまった。

「そ……っ、それはわからないんですけど……でも」

そう言って彼女はそっと振り返って志穂を見上げた。

「その、私……志穂さんみたいになりたくって。でもどうしていいのかわからないから、まずは髪型から近付けてみようかな……なんて」

「私？」

あまりにも意外な言葉に、志穂は零《こぼ》れんばかりに目を見開いた。

抱きしめたいくらい可愛い彼女が、一体自分のどこに憧れちゃったりするんだろうかと不思議でならない。

「そんなこと言ってもらえるなんて思ってなかったから、驚きました」

本気で言ったら、彼女はぶんぶんと大きく首を振った。きれいにとかした髪の毛が乱れ、志穂は慌ててもう一度櫛で整える。

「志穂さんはとっても女性らしくって……いつも穏やかで、癒《い》やし系っていうか……きれいだし。絶対に男の人って志穂さんみたいな人、好きですよっ」

実際の自分は、きっと彼女の思っている姿とは違う。けれど、彼女がそんなふうに感じてくれているのだとしたら、志穂の今までの努力も無駄ではなかったということだろう。

そう思えば、事実はどうあれやっぱり嬉しい。

「ありがとうございます。ますます努力しないとダメですね」

「そんな、それじゃあ、いつまで経っても追い付けないじゃないですか」

「そんなことないですよ。実は私も、女性らしくなりたくって、髪型やメイクや服装を雑誌で研究したり、街行く人を観察しまくったりしてるんです」

「志穂さんが？」

「はい。昔の私って、それはもうがさつで、まるで男の子みたいでした。……って、他の人には内緒ですよ？」

そう言って志穂は唇に人さし指を押し当てる。

「また……志穂さんたらそんなこと言って、私に自信を付けさせようとしてるんですね」

「まさか。本当ですよ」

「えー、なんだか意外ですね」

「だから、色々聞いてください。私にアドバイスできることがあったら、全力で力になりますから」

「ありがとうございます」

志穂の言葉に、彼女は嬉しそうに笑った。その顔を見て、志穂もまた嬉しくなる。

注文通りの髪型にすることは勿論大事だが、志穂としてはそれだけで終わらせたくないのだ。それはきっと、過去の経験から。

変わってやるんだと決心したあの時——なにから手を付けるべきかわからなくて、でもどうにかしなければと入った美容室。そこで、初めて会った美容師さんが、ド下手《へた》くそだった志穂のメイクに丁寧なアドバイスをくれたのだ。

——アドバイスをもらったことよりも、自分のことを一緒に考えてくれたことが嬉しかったんだよね……

髪にハサミを入れながら、志穂はしみじみとそんなことを思う。そこでふと、彼女の読んでいる雑誌の内容が目に入ってきた。

『色気のある小悪魔女子の作り方』

「色気って、作れると思います？」

考えるよりも先に、そんな言葉がぽろりと志穂の口から転がり落ちる。

「ご、ごめんなさい。たまたま雑誌の見出しが目に入って」

そう言って、彼女の見ている雑誌を指さす。

どうも志穂は、『色気』という言葉に過度に反応してしまう。まして今日は、朝からあんな夢を見てしまったこともあって、余計に反応してしまったらしい。

——いけない、いけない。仕事に集中！

そう思って、カットに意識を集中させる。

「そうですよね。色気って、持って生まれたものって感じがしますよね」

彼女からそんな言葉が返ってきて、志穂はカットの手を止めて瞬《まばた》きをする。

「……やっぱりそう思います？　色気って、きっと才能みたいなものですよね」

「ええ、そんな気がします」

「ですよね」

そう。だから、どんなに努力しても身に付かないのだ。その才能がない志穂があがいたところで――

「志穂さんもそういうの気になるんですか？」

「勿論ですよ！　気になって仕方ないです」

「……えっ？」

咄嗟《とっさ》に本音が出てしまい、志穂はしまったと思う。こうなったら、無理に誤魔化してもしょうがない。

「気になりますよ。毎日鏡とにらめっこです。どうしたら色気って身に付くのかしら、なんて」

十年間、毎日鏡を見ながら考えてきた。いくら女性らしい振る舞いを覚えても、それが色気に結び付いているのかよくわからなくて。

「志穂さんは、自然に身に付けてるんだと思ってました」

「身に付いてます？」

「付いてますよ！」

「うわあ、嬉しい。そんなふうに言ってもらえると、ちょっとほっとします」

お世辞かもしれないし、社交辞令かもしれない。だとしても、そう言ってもらえたことが嬉しくて、志穂はほっと顔を綻《ほころ》ばせた。鏡越しににっこり微笑む彼女と目が合い、なんだか照れくさくなる。

「志穂さんが色々努力してるって聞いて、私も頑張ろうって思いました。ずっと憧れの存在だったんですが、親近感が湧いてきちゃいます」

「やだ、本気出されたら、私なんてすぐに追い抜かされちゃう。私ももっと頑張らなくちゃ」

「じゃあ、志穂さんに追い付けるように頑張ります」

そう言う彼女の表情は、さっきよりもずっと明るい。そんな顔を見ると、志穂は心底嬉しくなった。

美容院にきてくれた人の髪をただ切るだけじゃなく、なにかちょっとでも力になりたいと思っているから。大したことじゃなくてもいい。自分がそうしてもらったように、前に進むお手伝いが少しでもできたら……そう思うのだ。

——十年前のあの出来事も、やっぱり今の私にはなくてはならない出来事だったのかもね……まあ、思い出すとやっぱり悔しいけど。

そうやって、いつかあのトラウマを「これが私を成長させてくれた出来事だ」と、胸を張って言えるようになりたい。

その道のりはまだまだ遠そうだが……いつかきっと。

「じゃあ、サイド揃えていきますね」

「よろしくお願いします」

にっこりと微笑んで、志穂は慣れた手つきでハサミを動かしはじめた。

店内には電話の音と、ひっきりなしにお客さんが入ってくる鈴の音《ね》が響く。今日も忙しくなりそうだ。

——よし、終業後の美味《おい》しいお酒を目指して、全力でお仕事しますかっ！

と、志穂はぐっと腕をまくった。

みんなで愚痴なんかを言い合いながら、美味しい食事とお酒を堪能して、忙しい仕事を乗り切る活力を得るのだ。

そうして仕事をこなしているうちに、時間はあっという間に過ぎていった。


仕事が終わり、志穂はアリサを含む同僚と四人で、居酒屋に行った。初めてきたそこは外観からしてすごくお洒落《しゃれ》で、女性に好まれそうなお店だ。だが、居酒屋と聞いてすっかり赤ちょうちんを下げた昔ながらの居酒屋を期待していた志穂は、がっかりしてしまう。

……更に、店に入った途端、志穂は自分の置かれた状況がわかり、呆気にとられてしまった。

カーテンで仕切られた個室に通された志穂は、引き攣《つ》った笑みを顔に貼り付け、隣に座るアリサの手の甲をきゅっと指で摘《つ》まんだ。

「アリサちゃん、これ、一体どういうことなの？」

「だから、飲み会だって言ったじゃないですかぁ」

「職場の飲み会、じゃなかったの？」

「は？　アリサ、そんなことひとっことも言ってませんよ。言いましたっけ？」

「……うっ」

　彼女の言葉に、志穂は反論できず唇を噛む。

　アリサの言う通り、彼女は『飲み会』としか言っていない。それを志穂が勝手に同僚との飲み会だと思い込んだのだ。というか、同僚との飲み会だと思ったからこそ、参加する気になったのに。

　確かに、この場にはアリサの他にも同僚がふたりいるので、間違いはない。だがその他に、テーブルを挟んだ向かい側に見知らぬスーツの男性が四人いた。彼らは揃って、こちらにちらちらと視線を送っている。

　このシチュエーションを合コンと言わずしてなんと言うのだろうか。

「たまにはいいじゃないですか。皆さん一流企業の方達ですよ。こんなチャンス滅多にありませんからね」

「で、でも……っ」

「どうかした？　飲み物頼むけど、なにがいいかな？」

　こそこそアリサと話していると目の前の男性から声をかけられた。志穂は咄嗟《とっさ》に、笑みを浮かべてそちらを見る。

　少しだけ茶色がかった髪の毛に、気弱そうではあるが優しげな笑顔……この男性は、何度か店で見かけた気がする。

「甘いカクテルがいいな。あ、志穂さん、こちらはアリサの知り合いで林《はやし》さん。何度か店にもきてくれたんですよ」

と、アリサがその男性を紹介してくれた。

「ああ……やっぱり」

志穂がぽんと手を叩いてそう言うと、目の前の男性はぱっと顔を輝かせ、テーブル越しに身を乗り出してくる。

「覚えてくれていたんですか？　嬉しいなあ。志穂さんはなに飲みます？　志穂さんならきっとグラスワインとかですよね。お薦めのワインがあるんでそれでいいですか？」

「……え、ええ」

林の勢いに気圧《けお》されつつ、志穂は小さくうなずく。

彼が志穂の印象をどう捉《とら》えてワインなんて言ったかわからないが、本当はワインよりも日本酒とか焼酎のほうが好きなのだが。けれど、それはさすがにこの場では言わない。

アリサは志穂にこっそりと耳打ちしてくる。

「林さん、お店で志穂さんを見て一目惚れしたらしいですよ。今日の飲み会も、うちの会社の有望株を集めるから、絶対に志穂さんを連れてきて欲しいってしつこかったんですから」

「一目惚れって……」

アリサの内緒話に困惑しつつ、志穂はちらりと視線を上げた。ばっちり林と目が合う。

「あ、あ、あの、飲み物と一緒に食べるものも注文しますが、志穂さんはどんなものがいいですか？　あっ、シーザーサラダとか……アヒージョとか、サーモンのカルパッチョなんてどうですか？　それから……このフォンダンショコラっていうのも美味《おい》しそうですよっ。どうします？」

林はあわあわと慌てた後、メニューを見ながら機関銃のようにまくし立てた。

そういうのよりも、焼き鳥とかタコわさとかのほうが好きなんだけどなあ……とか、初めっからスイーツってどうなのかしら……とか思いはしたものの、林の必死な様子になんだか気が抜けて、志穂はふっと小さく微笑んだ。

「あの、お任せします」

「は、はい！　じゃあ、すぐに注文してきます！」

林はそう言うと、他のメンバー達からも注文を取り、その場をてきぱきと仕切っていく。

「林さん、すっごくいい人ですよ。エリートだし、結婚するならいいと思いますよ」

アリサが茶化すように、耳元で囁《ささや》いた。わざと耳に息を吹きかけられ、志穂は思わず片手で耳を押さえる。

「もう、くすぐったいじゃない。……っていうか私、まだ結婚なんて考えてないわよ」

「結婚は考えなくても、彼氏くらいいたっていいじゃないですか」

「彼氏も……今は別にいいわ」

そう、家に帰ってひとりになった時だけ、志穂は心身共にリラックスできるのだ。

女らしく――とか、そんなことを考えずに、だらだらと好きなように好きなことをして過ごせる。

なのに彼氏なんて作ってしまったら……もう考えるだけで息が詰まってしまいそうだ。

事実、最初に付き合った彼氏とは、常に女らしい自分でいなければと気を張り過ぎて、そのうち一緒にいることさえ苦痛になって別れてしまった。次の相手には、正直に本当の自分を見せたら、騙《だま》されたと言われて振られてしまった。三人目の時は、もうどんな自分でいたらいいのかわからなくなり、気が付けばあっという間に自然消滅していた。

だから、正直、今は彼氏なんて欲しくない。

というか、どうやって男の人と付き合えばいいのかわからない。

「志穂さんたら、もったいない。その気になれば絶対モテるのに……っ！　もしかして、もしかしてですが……男性よりも、女性のほうが好き……とか？」

アリサがそんなことを真顔で聞いてくるので、志穂は一瞬きょとんと目を瞬《またた》かせた後、ぶっと盛大に噴き出してしまった。

「そんなんじゃないわよ。でも……今はひとりのほうが気楽でいいってだけ」

「気楽なんですか？　アリサは誰かいないと寂しいけどなあ……」

「寂しい……か」

寂しいよりも煩《わずら》わしいほうが嫌だな、というのが今の志穂の正直な気持ちだ。でも志穂だっていつか、誰かと寄り添えたら……とは思っている。そう、いつか。

でも、自分が誰かと寄り添って生きている姿を想像できない。女性らしく振る舞うのは疲れるし、素の自分をさらけ出すのは怖い。

「わかりました。でも、せっかくなんだから楽しんでください。それにほら、もしかしたらこの中の誰かが、ひとりの気楽さを忘れさせるほど燃えるような恋をさせてくれるかもしれませんよ？」

「燃えるような恋ねぇ」

そんな台詞《せりふ》をやっぱり大まじめな顔で口にするアリサに、志穂はくすっと笑った。でも確かに、彼女の言うことには一理ある。

「アリサちゃんの言う通りかもね、気楽に楽しんでみるわ」

「そうですよ、そのノリが大事です！」

アリサは親指を立て、白い歯を見せてにこっと笑う。もしかしたら彼女なりに、男の影ひとつない志穂を心配してくれているのかもしれない。

それに本当に、この中の誰かが長く連れ添う相手にならないとも限らないのだから。

「じゃあ、飲み物が揃ったので、乾杯しましょう」

林のかけ声で、志穂も目の前に運ばれてきたワイングラスを持ち上げる。グラスが触れ合い、涼やかな音を立てた。

一日中ろくに休む暇もなく疲れた体に、アルコールが染み渡る。「ぷはーっ！　美味《おい》しいっ！」と声を上げたいのをぐっと我慢して、志穂はにっこり微笑んでグラスを置いた。

それから次々と目の前に運ばれてきた料理をメンバー達に取り分ける。そのついでに、空《から》になった器《うつわ》はまとめてテーブルの端《はじ》に置き、グラスの空《あ》いた人がいれば、そっとメニューを差し出した。

「志穂さん、そんなに気を遣わなくても大丈夫ですよ」

そう林が声をかけてくる。

「え？」

「グラスとか、器とか、そんなに気を遣わずに、志穂さんも食べたり飲んだりしてください」

「あ……すみません」

志穂は別に、気を遣っていたわけではなかった。そういう気遣いのできない自分を変えようと意識しているうちに、すっかり身についてしまった癖のようなものだ。けれど、幹事でもなんでもない自分が、少し出しゃばり過ぎたかもしれない。

「そんなつもりじゃなかったんですけど、ごめんなさい」

志穂がぺこりと頭を下げると、林は慌てて大げさに首と手を振ってみせる。

「いえ、そういうんじゃないんです。志穂さんが気を遣ってばかりで、楽しめてないんじゃないかと気になっただけですから！」

「ありがとうございます。……なんていうか、その、動いていないと落ち着かなくって」

志穂はそう言って苦笑を浮かべた。本当に落ち着かないのだ。気の利かない女だと思われるのが、怖いのかもしれない……

「いくら落ち着かないからって、心配かけていたら駄目ですよね」

「そんなことないですよ。気遣いができる女性はとっても……その、素敵だと思います。ただ、もっと楽しんでくれたらいいなと思って。アリサに関しては楽しみ過ぎですけどね」

「ああ」

答えて志穂はくすっと笑った。飲みはじめてからそれほど時間が経っていないにもかかわらず、アリサはすっかり酔っ払っているようだ。真っ赤な顔をして、きゃいきゃいとはしゃいでいる。

「楽しそうでいいですよね、アリサちゃん。本当、可愛いです」

裏表がなくて、素直にその場を楽しめるアリサは、志穂にしてみれば眩《まぶ》しいほどだ。見ているだけでもアリサの楽しい気持ちが伝わってくるようで、思わず頬が緩《ゆる》んでしまう。

「いえ、でも……」

「はい？」

「僕はアリサよりも、志穂さんみたいな女性のほうが、いいと思います……っ」

真正面からそんなセリフを言われて、志穂の心臓は大きく跳ね上がった。かあっと、頬が熱くなってくる。

「そ、そんなことないですよ。私なんて……全然です。はい」

林の勢いに圧《お》され、志穂は思わず身を引いた。けれど逆に林は身を乗り出してくる。

「いいえっ、本当に志穂さんは素敵です。女性らしくて、気遣いができて、おしとやかで、きれいで」

自分を褒《ほ》めてくれる林の言葉を聞いているうちに、なぜか胸の奥が急速に冷えていくのを感じた。

「あの、よければ、今度ふたりで会えたりとか……」

「あ、すみません。なんだか携帯が鳴っているみたい。ちょっと失礼しますね」

「え……っ」

志穂はそう言うと、バッグを掴《つか》んで席を立った。なにか言いたげに志穂を見ている林に笑顔で会釈《えしゃく》し、そそくさと個室を出る。そして、逃げるように化粧室へと駆け込んだ。

化粧を直している先客の女性達を避け、志穂は奥の鏡の前に行くとバッグを開けた。中から携帯を取り出す。勿論、着信の通知などない。

――林さんに悪いことしちゃったな。

林が嫌で逃げ出したわけではなかった。ただ、なんとなく……そう、なんとなく虚《むな》しくて。

頭ではわかっているのだ。何度か店に来ただけの林が、最初からありのままの志穂を知っているはずがないことくらい。でもなんだか、外見を褒《ほ》めてもらう度に、必死に隠している「本当の自分」を否定されているような気がして悲しくなったのだ。

勿論「本当の自分」なんて、付き合ってからゆっくり知ってもらう以外ないって、ちゃんとわかっている。

それでもこんな気持ちになってしまったのは、やっぱり今朝見た夢のせいだろう。

――ダメダメ。せっかく誘ってもらった飲み会で暗い顔なんてしてたら、失礼極まりないわ。ちゃんとしなくちゃ！

鬱々《うつうつ》としそうになる気持ちを切り替え、志穂はポーチから口紅を取り出す。最近買ったばかりの新色の口紅を唇に載せていると、聞くともなしに先客の女性達の会話が聞こえてきた。

「ねえ、今日の飲み会、誰狙い？」

洗面台に化粧道具を並べ、丁寧に化粧直しをしている女性が他の女性に声をかけている。声をかけられた女性達は顔を見合わせた後、すぐに口を開いた。

「そりゃあソウマリョウさんでしょう！」

聞こえてきたその名前に、志穂は反射的に首を捻《ひね》り、彼女たちのほうを凝視してしまった。

「やっぱりそうだよねぇ。企画部の出世頭って言われてるし、この前も大きなプレゼン成功させたらしいじゃない」

「しかもあの顔でしょ。彼女がいないってこと自体が奇跡だよね。狙わないはずないじゃない」

「ちょっと、抜け駆けはなしだからね！」

「抜け駆けだろうとなんだろうと、選ぶのはソウマさんだから」

そこで女性たちは、零《こぼ》れんばかりに目を見開き、自分たちを見ている志穂に気が付いたようだ。化粧を直す手を止めて怪訝《けげん》そうに見てくる。

「……あ、んっ、んんっ」

自分の不審さに気が付いた志穂は、不自然な咳払いをしながら再び鏡の中の自分を見た。けれど意識は彼女たちの会話に集中してしまう。

「やっぱりそうだよね、あのメンバーの中だったら、ソウマさんがダントツだよね」

再開された彼女たちの会話の中に出てきた『ソウマ』の名に、志穂の胸は大きく脈打ち、口紅を持つ指先が震えてきた。

――ソウマリョウ……相馬凌《そうまりょう》。

志穂の頭の中で、聞こえてきた名前が自然とそう変換される。その名は、聞き覚えがあるなんて生やさしいものではなかった。志穂にとって忘れたくても忘れられない名前だ。

かつて志穂のことを「色気ゼロ。とても女とは思えない」と言った、張本人。相馬凌。

――本当に先輩？　いやいや、まさかね……

そんな偶然があるはずがない。ソウマリョウという名前が、この日本に一体どれだけいることか。けれど、今朝見た夢も相まって、志穂はソウマリョウの名に妙に動揺してしまった。

——でも、もしかしたら。……なんて、そんな偶然あるはずないわよ。

一瞬でも激しく動揺してしまった自分が急におかしくなり、志穂は思わず苦笑いを浮かべた。

彼が高校卒業後、地元を離れて大学に進学したところまでは知っている。だが、そこから先、どこでなにをしているのかはまったく知らない。

まさか、こんなところで再会するはずもないだろう。それに、あれからもう十年も経っているのだ。万が一の偶然があったとして、お互い気付けるわけがない。きっと——

志穂は震えの止まった手で唇にしっかりとルージュを載せると、鏡の中の自分を見た。さっと手ぐしで髪の毛を整え、口紅を鞄に放り込んで化粧室を後にした。

——でも、もし女性たちの言うソウマさんが、本当にあの相馬先輩で、万が一にもばったり会ったとして、今の私に気が付いたりするんだろうか……

「……って、そんなこと、考えるだけ無駄よね」

と、志穂はわざと口に出して言った。そうすることで、胸の中でぐるぐる巡《めぐ》る「もしかして」の気持ちを吹き飛ばしたかったのだ。

会いたいか会いたくないかと聞かれれば、断然後者に決まっている。

けれど、正直に言えば、ほんの少し好奇心もあった。記憶の中で高校生のままの彼が、今どんなふうになっているのか……

顔だけは端整だったから今でもきっとモテるに違いない。いや、性格だって最高だと思っていたのだ。あの日までは。

――って、だから、どうして先輩のことばっかり思い出してるのよ。いい加減、頭から追い出さなくちゃ。

下唇を噛み、胸にバッグを抱えながら志穂は俯《うつむ》きがちに歩いた。彼のことを思い出すと、未だに胸が痛むのだ。引き裂かれた恋のトラウマ。けれど。

――今は恋をしたくないなんて、ただ逃げてるだけだ。そうよ、逃げてばっかりじゃダメよね。私、ちゃんと変われたんだし！　今更トラウマなんかに卑屈《ひくつ》にならないで、楽しく過ごしたらいいじゃない。

みんなのところに戻ったら、今度は逃げずに林さんと話してみようと心に決めて、志穂は伏せていた視線を上げた。そこで、通路の先に誰かが立っているのに気が付く。

スマートにスーツを着こなす、すらりとした長身の男性だ。整った顔立ちをしていて……何故か驚いたような視線を志穂に向けている。

――どうしてこっちを見ているんだろう？

そう思いながらも、どうしてか志穂もそのスーツの男性から目が離せなくなった。そのまま横を通り過ぎようとしたところで、男性の口が動く。

「志穂……だろ？　森園志穂！」

「……えっ？　あ、あの……？」

突然腕を掴《つか》まれて、志穂は一瞬ぎょっとした。けれど、すぐに「もしかして」という思いが胸に浮かぶ。志穂はぱっと顔を上げ、腕を掴んでいる男性の顔を真正面から見つめた。

瞬《まばた》きを繰り返し、記憶の中の彼と、目の前にいる男性の姿を重ねる。何度も何度も。

「もしかして……相馬、先輩？」

「やっぱり、志穂か！　うわ、久しぶりだな。えっと……十年ぶりか？　すごい偶然だな！」

化粧室で女性達の話を聞いていなければ、目の前にいるのが凌だと気付けなかったかもしれない。

それくらい、彼はすっかり大人の男性になっていた。日に焼けたやんちゃな高校生の面影《おもかげ》など、微塵《みじん》もない。しかも。

——どうしてこんなに嬉しそうなんだろう。

「……あ、あの、お久しぶりです」

凌とは対照的に、志穂は顔も声も強張《こわば》ってしまった。当然だ。志穂にとって凌は、懐かしいだけの存在ではないのだから。

いや、でもそれは凌だって同じだったはずだ。凌が「女とは思えない」と言っているのを聞いてしまってから、志穂はあからさまに彼を避けたのだから。あの後は口をきかないどころか、顔も合わせないように逃げまくった。きっと凌だって、自分が志穂に避けられていることはわかっていたはずだ。

——それとも、私が急に避けたことなんて、先輩にとっては大して気にならない些細《ささい》な出来事でしかなかったんだろうか。

そう思うと、自分の顔が暗く沈むのがわかった。いつの間にか視線は床を這《は》う——だから志穂は目の前に立っている凌が、どこか意地悪な視線で自分を見下ろしていることに気が付かなかった。

「志穂は誰かと一緒にきてるの？」

「え？　はい。職場の同僚と」

ハッとして視線を上げると、にっこりと微笑んだ凌と視線が交わる。その笑顔はどこか胡散臭《うさんくさ》い。

「そう、職場の人ならまたいつでも一緒にこられるよな」

「……は？」

「せっかく十年ぶりに再会したんだ。ちょっと抜け出さないか？　ちょうど会社の飲み会を抜け出して、ひとりで飲み直そうと思ってたところなんだ。だから付き合え」

「なっ！　ちょっと待ってください」

ぐいっと志穂の腕を掴んで、凌が歩き出す。こっちに選択権どころか、拒否権さえ与えないその態度に、志穂は困惑してしまう。

「先輩、待ってくださいったら……っ」

そう声をかけても、凌は止まってくれる気配もない。志穂の腕を掴む凌の手は、振り解《ほど》こうと思えば振り解けない力ではなかった。本気で逃げようと思えば、簡単に逃げられたのかもしれない。

でも……志穂は、その手を振り解けなかった。

それは、今の凌への興味が、十年前のトラウマを僅《わず》かに上回ったからに他ならない。けれど、それを認めるのは少しだけ癪《しゃく》だった。

だから店の外に出たところでやっと手を離してくれた凌に、大げさなくらいの怒っていますという視線を向ける。

「相変わらず強引なんですね」

そう言って睨《にら》み付けると、凌はふっと小さく微笑んだ。その笑顔は十年前とあまり変わっていなくて、志穂の胸は不覚にもきゅっと切なくなる。それを誤魔化したくて、志穂は慌てて口を開いた。

「抜け出してよかったんですか？　先輩も誰かと一緒だったんでしょう？」

――っていうか、合コンの最中だったの知ってますよ？

とはさすがに言わない。別に凌が合コンしていようと志穂の知ったことではない。そんなことを口にして、気にしていると思われるのはゴメンだった。

「いや、俺は人数合わせに呼ばれただけだから、早々に退散するつもりだったんだ。だからこれからひとりで飲み直そうと思って。……あー……その、引っ張ってきたのまずかったか？」

今更どこか申し訳なさそうな表情を浮かべる凌に、なんだか呆れて肩から力が抜けた。

「……いえ、大丈夫です。でも連絡だけはさせてください。みんな心配すると思うんで」

「ああ、どうぞ」

「すみません」

志穂はそう言うと、バッグから携帯電話を取り出して、凌から少し離れてアリサに電話をかける。盛り上がっているのか、アリサが電話に出てくれるまでに少しかかった。

「もしもし、アリサちゃん？」

『志穂さん？　どこに行ってるんですか？　林さんが心配してますよー』

「ごめんなさい。実はね、高校の部活の先輩に十年ぶりに偶然会っちゃって……」

『ああ、もしかして、せっかくだから飲みに行こうとかって話になっちゃいました？』

「そうなの。急にごめんなさい。必ず埋め合わせはするから」

『そっかあ、わかりました！　十年ぶりならまあ、仕方ないですね。こっちは上手《うま》く言っておきます』

「うん、ごめんね。ありがとう」

アリサの返事にほっとしながら携帯を切って凌を見た志穂は、びくっと体を強張《こわば》らせた。自分に向けられた彼の視線が、どこか冷たい光を放っていて。

「相馬先輩？」

おずおずと声をかけると、彼はすぐに優しい笑みを浮かべた。その変化に、志穂はやはり胡散臭《うさんくさ》いものを感じてしまう。

「あのさ、もう高校を卒業してから十年も経つんだし、先輩ってのはおかしくないか？」

急にそんなことを言われ、志穂は大いに戸惑った。

「えっと……じゃ、じゃあ、相馬……さん？」

「それだとなんだか、会社にいるみたいで気分悪い」

——どうして急にこんなこと言い出すんだろう。相馬さんがダメって、じゃあ、名前で呼べってこと？

確かにもう高校生じゃないから先輩はおかしいのかもしれない。けれど、高校の時だって名前で呼んだことなど一度もない。だからか、名前で呼ぶことになんだか抵抗があって志穂は視線をさまよわせた。けれど、言わないときっと変に思われるだろう。

「なら……凌、さん」

小さな声でそう言うと、彼は満足げに口の端《はし》っこを持ち上げた。

「じゃあ改めて、俺の行き付けの店で飲み直そう。ここから近いから」

「……じゃあ、少しだけ」

歩き出した凌に付いて、志穂も歩きはじめた。

もう二度と会うことはないと思っていた凌が目の前にいる。夢みたいで、紛れもない現実。時々振り返っては話しかけてくる彼の横顔は、懐かしいのに見知らぬ人のようだ。近付けばまた傷付くかもしれない。そう思いながらも、今の彼を知りたいという好奇心を止められない。

——君子《くんし》危うきに近寄らずって言うけど、本当ね。私、全然君子じゃないもの。

そんな自分に呆れつつ、志穂は苦い笑みを口元に浮かべた。

凌の行き付けだというバーは、落ち着いた雰囲気の店だった。控えめなオレンジ色の照明が優しく店内を照らし、静かにジャズが流れている。カウンターの棚には、ずらりと見たこともない洋酒の瓶が並んでいた。

『隠れ家的』な趣《おもむき》のある店を、志穂は一瞬で気に入った。

「落ち着いた素敵なお店ですね」

凌に促《うなが》され、カウンターの端《はじ》の席に座った志穂は、店内を見渡しながらそう言った。

「だろう？　ひとりでも入りやすいし、静かで落ち着く」

そう言って笑みを向ける凌から、志穂はさっと視線をそらした。どうも真っ直ぐに彼を見ることができない。なにせ十年経っても未だに夢に見るトラウマの元凶だ。無理もないだろう。

「志穂、なに飲む？」

「……ええと、お任せします」

「ていうかお前、アルコール大丈夫なの？」

「あ、はい。弱くはないと思いますが」

「そうなんだ。じゃあ、適当に作ってもらうわ」

「お願いします」

ぺこりと頭を下げ、志穂は小さく息をついた。

好奇心に負けてこんなところまで付いてきてしまったが、本当にこれでよかったのだろうか。

カウンターの上で組んだ指先を見つめ、志穂は今更ながらそんなことを考える。

時間が経って少しだけ冷静になった志穂の心に、不安とも後悔とも付かない気持ちがじわじわと広がってきていた。

「志穂」

「は、はい」

「ほら、飲み物きたよ」

「すみません」

志穂の目の前に、黄金色《こがねいろ》のカクテルが差し出される。凌は自分の前にあるビールのグラスを持ち上げると、志穂の顔を覗《のぞ》き込んできた。真っ直ぐに視線が重なり、志穂の心臓がどきっと大きな音を立てる。

「乾杯しないか？」

凌がグラスを差し出してきて、志穂も慌ててグラスを持ち上げようとした。けれど手が震えてグラスが手から滑り落ちそうになる。

「おっと、大丈夫か？」

さっと伸びてきた凌の手が、志穂の手ごとグラスをしっかり握りしめてくれたおかげで、グラスを落とすことはなかった。

「……っ、だ、大丈夫ですっ。す、すみません」

驚いた志穂は、慌てて手を引っ込めようとした。

「そんなに無理矢理引っ張ったら零《こぼ》れるだろ。落ち着けって」

そう言って、更に強く手を握られる。

——ちょっと手を握られただけで、なに動揺してるのよ、私！

「す、すみません。もう、大丈夫です。なんだか少し酔っているみたいで……」

「そうなのか？　気を付けろよ」

やっと手を離してくれた凌に志穂はほっとする。今度は両手でしっかりグラスを包みこんで、慎重にコースターの上に置いた。

今まで誰とも付き合ったことがないわけじゃない。過去の相手と一通りのことだって経験してきた。なのに、ただ手に触れられたくらいで動揺するなんてどうかしている。

志穂は速くなった鼓動を落ち着かせようと、ゆっくりと息を吐き出した。そして目の前のグラスを空《あ》けたら帰ろうと心に決める。

トラウマの元凶にこれ以上関わっていても、こちらの調子を崩されるだけだ。

そう思ったのに――

「なあ、志穂って、爪になにもしてないんだね」

「……っ！」

グラスに添えていた手を、横からすっと掬《すく》い取られ、志穂は思わず声にならない悲鳴を上げた。

せっかく落ち着き掛けていた心臓が、再びどきっと音を立てる。

すぐにでも手を振り解《ほど》きたかった。でもこんなことくらいで動揺していると思われたくなくて、志穂はなんでもない振りをして口を開く。

「爪がどうかしたんですか？」

「うん。ネイルもしていないし、短く切ってるし、珍しいなと思って」

「ああ、私、美容師なので」

そう言って、志穂はさりげなく凌の手から自分の手を引く。凌は「へえ」と、驚いたように目を瞬《また》かせて志穂を見つめてきた。

「なんですか」

あまりにもじっと見つめられて居心地が悪くなり、志穂はぶっきらぼうにそう言った。

「いや、志穂が美容師とはね。……あの志穂が」

くすっと笑いを含んだ声に、志穂は目の前に火花が散る錯覚を覚えるほど、かちんとした。

――あの志穂が……ってどういう意味よ！　お洒落《しゃれ》になんて興味もなかった、女とも思えないような私が、美容師だなんて似合わないとでも言いたいの⁉

急激に過去の悔しさが、ぼこぼこと湧き上がってくる。凌を目の前にしながら、そんな感情が今まで鳴りをひそめていたのは、やはりこの再会があまりにも衝撃的だったからだろう。

けれど今の一言は、完全に志穂の中のトラウマを蘇《よみがえ》らせてしまった。

さっきまで胸を占めていた凌への興味などどこかへ吹き飛んでいく。一気に胸の中で燃え上がった怒りとも悲しみともつかない感情を、志穂は必死に奥歯を噛みしめてこらえた。

「なんか想像つかないな」

「そうですかぁ？　ちゃんとやってますよぉ」

無理矢理笑みを浮かべてそう答えるが、こめかみの辺りがひくっとしてしまう。

「そうなんだ。志穂が美容師ね……やっぱり全然想像つかない」

――別に想像していただかなくて結構よ。私だってもう十年前のままじゃないんだから！

心の中でそう叫んだ志穂は、唐突に思いついた。

――そうよ、色気ゼロで女とは思えないなんて笑っていた後輩が、この十年ですっかり女らしくなったってところを見せ付けてやればいいんだわ。自分の発言が間違っていたことを、思い知らせてやる……！

そんなことを考えついた途端、居心地の悪かった空間が急に最高のステージになった気がした。十年間、今夜のために頑張ってきたのだという気にさえなってくる。

志穂はすっと息を吸い込むと、背筋をしゃんと伸ばした。そして目の前のグラスを持ち上げて、にっこりと優雅な笑みを浮かべる。

――あの頃とは違う大人の女性になった私を見せ付けるのよ。

「そういえば、さっき私のせいで乾杯しそびれてしまいましたね。なにに乾杯しましょうか？」

上目遣いに凌を見上げると、彼はぴくりと片眉を上げた。

「再会に……でいいですか？」

いつの間にか、指先の震えも治まっている。志穂が笑みを深めてそう問うと、凌もにこりと微笑んでグラスを差し出してきた。

「そうだね。十年ぶりの再会に」

「十年ぶりの再会に」

互いにグラスを寄せ、静かに合わせる。その澄んだ音は、まるで開戦を知らせるゴングのように聞こえた。

ここで十年分の努力の成果を見せ付け、トラウマを克服するのだ。

志穂はもう、夢に見るほど過去に囚《とら》われたくなかった。きっとこの再会は、神様が志穂にくれたチャンスに違いない。

黄金色《こがねいろ》のカクテルをぐっとあおり、志穂は真っ直ぐに凌を見つめた。

思えば再会してから初めて、真正面からしっかりとその顔を見た気がする。

あの頃と比べて髪は多少伸びているが、目力のある切れ長の瞳も、引き締まった口元も、昔とちっとも変わらない。悔しいが、化粧室で女性達が噂していたのもわかるほど人目を引くイケメンぶりだ。しかも、今なお陸上選手だった頃と変わらぬ体型をキープしている。

いかにも仕事ができますというスーツ姿も、舌打ちしたいくらい様《さま》になっていた。

そういえば、企画部の出世頭だと噂されてもいたっけ。

——イケメンで出世頭で、さぞ順風満帆《じゅんぷうまんぱん》な人生を歩んでいらっしゃるんでしょうね。

そう、志穂に大いなるトラウマを植え付けたことなど、これっぽっちも知らないまま……

ふつふつと苛立ちが募《つの》る。けれど志穂はそれをおくびにも出さず、これ以上ないほどにっこりと微笑んだ。

「せんぱ……凌さんは、高校を卒業されてからどうしていたんですか？」

「ああ、俺は大学を出てから就職して、今は普通の会社員だよ」

凌はさらっと言うと、ネクタイに指を引っかけて緩《ゆる》める。その仕草が妙に色っぽくて、志穂は余計にいらっとした。そんな自分を落ち着けようと、志穂は慌ててカクテルを喉に流し込む。

——ううっ！　男のくせに色気振りまいてんじゃないわよっ。もしかして私に喧嘩売ってる？

女のお前よりも、俺のほうが色気あるぞーって見せ付けてるの？

絶対に負けてなるものかと、志穂は凌に対して勝手に対抗心を燃やす。

すると突然、「そんなことよりさ」と凌が身を乗り出してきた。

「お前まだお笑い好きなの？」

「は？」

すっかり戦闘モードになっていた志穂は、肩すかしを食らった気分になり、気の抜けた声を上げてしまう。そんな志穂にはお構いなしに、凌は楽しそうに言葉を続けた。

「だからさ、昔、志穂ってすごいお笑い好きだったろ？　よくＤＶＤとか貸してくれたよな」

その表情は、十年前の『相馬先輩』を彷彿《ほうふつ》とさせ、志穂の胸に懐かしさと……苦い痛みが走る。

「そう……でしたっけ？」

「覚えてない？」

「……もう十年も前のことですから。すみません」

志穂は曖昧に笑ってそう答える。だが、覚えてないなんて嘘だった。

そう、よく覚えている。好きなお笑い芸人が一緒だったのがきっかけで、凌と親しくなったのだから。あまりメジャーな芸人ではなく話の合う友達もいなかったから、凌が自分も好きなんだと言った時は本当に嬉しかった。

最初は、一緒にお笑い芸人の話題で盛り上がっているだけで満足だったのに、そのうちそれだけじゃ物足りなくなって……

そんな過去の自分を鮮やかに思い出し、胸の奥がひりひりする。それはもう何年も感じたことのない感覚だった。

「志穂？」

顔を覗《のぞ》き込んで声をかけられ、志穂はびくんと肩を揺らす。

「え？　あ、あの……なんの話でしたっけ？」

あの頃の淩の姿と、目の前のすっかり大人の男性になった彼が上手《うま》く重ならず、志穂は一瞬パニックになった。

けれど、そこでハッと我に返る。

変わったのは、大人になったのは淩だけではない。自分も大人になったのだと。

——なにを今更、高校生に戻った気分になってるのよ。馬鹿みたい。

志穂は少しだけ酔いが回って熱くなった息を、ほうっと吐き出した。そして冷静さを失いそうになった自分を落ち着かせようと、何度かゆっくりと深呼吸を繰り返す。

せっかく女らしく変わった自分を見せ付けてやろうと思ったのに、これではただの挙動不審な女じゃないか。

相手を見返すためには、いちいち感傷に浸《ひた》っている暇はない。そう、わかってはいるのだが……さすがに志穂は、なんの心の準備もなくトラウマの元凶と対峙して、冷静でいられるほどの鋼鉄の心臓ではなかった。

それでも引くわけにいかない志穂は、「もう昔の私じゃない」と、心の中で必死に繰り返す。そうしているうちに、ようやく少し落ち着いてきた。

グラスに残っていたカクテルを喉に流し込んで、志穂は今度こそはとにっこりと微笑んだ。

「すごく美味《おい》しいカクテルですね。同じものをいただいてもいいですか？」

「ああ、いいよ。マスター、さっきと同じのね」

「ありがとうございます」

志穂はそう言うと、脚を組んで体ごと淩のほうを向いた。変わった自分を見せ付けるには、堂々としているほうがいい。びくびくしているから、いらない感傷に浸ってしまうのだ。

それに、脚には少し自信があった。高校時代に陸上で鍛えたのもあるが、仕事柄立ち仕事が多いので、きれいに引き締まっているほうだと自負している。

上目遣いに淩を見ると、彼はスカートの隙間から見えている志穂の太ももを凝視していた。その視線に少なからず優越感を抱いたのだが……

「志穂、お前、今も走ったりしてるのか？　全然筋肉落ちてないじゃん」

「…………はぁ？」

「それともジムにでも通って鍛えてるとか？」

そう言って淩はおもむろに志穂の脚へと手を伸ばしてきた。考えるよりも早く、志穂は伸びてきた彼の手首をしっかりと掴《つか》む。

「いや、触るとかないですから！」

そう、イヤラシイとかそういうことじゃない。というか、手を伸ばしてきた彼の表情にはいやらしさは欠片《かけら》もなかった。単純に志穂の脚の筋肉に興味を持ったという、色気を一欠片も含まない視線だ。今の志穂にとって、下心があって触られるのよりたちが悪い。

——ああ、そうだった。この人って、そういう距離感がすごく近い人だった。

過去を思い出し、志穂は軽い頭痛に襲われる。

高校時代、部活でストレッチをしている志穂に、「そのやり方だと不十分だ」とか「この筋肉が伸びていない」だのと言って、彼は気軽に触ってきた。志穂も志穂で、ただの指導の一環だと思って気にしたこともなかった。普段も突然肩に手を回してきたり、頭をぐしゃぐしゃ撫でてきたりと、よく言えば人懐《ひとなつ》っこく、悪く言えばなれなれしい。それが相馬凌という人だった。

でも……

「もう高校生じゃないんですから、いきなり人の脚触るとかあり得ませんよ？」

「あ、ああ。そうか、そうだよな。悪い」

思わず真顔で見上げれば、彼はばつが悪そうに手を引っ込めた。

もしかしたら凌にとっては、十年経った今でも志穂は女とも思えないただの後輩なのかもしれない。そう思うと、腹立たしさよりも虚《むな》しさが重くのしかかってくる。

「……走ってもいませんし、ジムにも通ってません。立ち仕事なので、そのせいじゃないですか」

ぶっきらぼうに答えると、凌はビールに口を付けながら、懐かしそうな顔をする。

「そっか、もう走ってないんだ。残念。志穂いい線いってたのに」

「そうですか？　……凌さんは、今も走ってるんですか？」

「仕事が忙しくて、なかなか。……って、それは言い訳だな。やろうと思えばできるのに、日々のノルマに忙殺されてやらないでいるだけ」

「……そうですか」

——それは残念です。

と、喉まで出かかった言葉を、志穂はぐっと呑み込んだ。きっと淩は今も走っている……そんなふうに勝手に思っていた。でもそれはお互い様だ。

「私も仕事が忙しいんで、わかります」

当たり障りのない返事をすると、そこでなんとか続いていた会話がぷつりと途切れてしまった。

店内に流れる落ち着いたジャズとは反対に、志穂は急激に落ち着かなくなってくる。

親しい間柄なら、こんな沈黙も苦ではないのだろう。だが、目の前にいるのは、それでなくても志穂を緊張させる相手なのだ。自然と流れる沈黙も重くて苦しいものとなる。

なにか話さなければと焦るのに、なにを話していいのかわからない。

カクテルに口を付けながらちらりと淩を窺《うかが》うと、彼は特に気にする様子もなく静かにビールを飲んでいる。

その横顔からは、彼の考えていることがさっぱりわからなかった。

——そもそも、どうして先輩は私を誘ったりしたんだろう。

単純に十年振りの再会を喜んだからなのか、それとも好奇心からなのか。

どちらにしても今、自分は彼の目にちゃんと女性らしく映っているのだろうか……

そこまで考えて、志穂はぎゅっと目を瞑《つむ》った。そして頭の中から、もやもやした思考を無理矢理追い出す。

黙っているからこんな余計なことを考えてしまうのだ。どんなことでもいいから、なにか話そうと口を開いた瞬間、凌に「志穂」と声をかけられる。

「え？　あ、はい。なんでしょうか」

話すことなどまるで浮かんでこなかった志穂は、内心ほっとしてそう返事する。

「どうして美容師になったの？」

「それは……っ」

――誰かをきれいにする手伝いをしたかったからです！　私が変わるきっかけをもらったように、誰かの背中を押すことができたら素敵だなって思ったからです！

口を衝《つ》いて出そうになった言葉を、志穂はぐっと押し留《とど》めた。

そんな理想を口にするのはなんだか子どもっぽい気がして、正直に言うのが恥ずかしかったからだ。

「そ、それは……今って色々と厳しい時代じゃないですか。だから、手に職を持っていると、なにかと困らないかなと思って。だから……」

「……それで、美容師？」

「はい」

「ふうん」

凌は低く言いながら、どこか冷めた視線を向けてくる。

「……なんかお前、つまらない奴になったな」

言われた言葉の意味がすぐに理解できず、志穂はただ凌を見つめる。

「それ、どういう……」

「言葉の通り。なんかお前、つまらないわ」

悔しさとか、悲しさとか、腹立たしさとか……この場で浮かんできそうな感情は、どうしてかまったく浮かんでこなかった。感情が、現状の理解を拒《こば》んでいるような、そんな感じ。

ただ、もうここにはいたくないと、それだけを思った。

志穂は傍《かたわ》らに置いてあったバッグから財布を取り出し、おもむろに凌の前に五千円札をたたき付ける。

「帰ります。ご不快にさせてしまって申し訳ありませんでした。もう二度とお会いすることはないでしょう」

一気にそう言って、志穂はくるりと凌に背中を向け、早足で出口へ向かった。

背後から「志穂」と呼ぶ声が聞こえた気がする。だが、一刻も早くここから離れたくて、志穂は高校時代を凌《しの》ぎそうなスピードで、その場を走り去ったのだった。

2　トラウマ再接近

——なんかお前、つまらない奴になったな。

「……っ！　つまらないってどういうことよ!?　余計なお世話だっ！」

志穂はがばっと起き上がると、はあはあと荒い呼吸をしながらぼんやりした頭を巡《めぐ》らせた。そしてここが自分の部屋のベッドの上だと気付く。

「……また夢に見てしまった」

志穂は苦々しく呟《つぶや》いて起き上がると、ぐしゃっと前髪を掻《か》き上げた。

つい先日まで、志穂の見る悪夢は高校生時代のトラウマだった。けれど、十年ぶりに相馬凌と再会してからは、ぱったりとその悪夢を見ることはなくなった。

だがそれは、トラウマが解消されたからではなく、さらに強烈なトラウマが上書きされてしまったからだ。

——つまらない奴になったな。

耳の奥で凌の低い声が勝手にリピートされ、志穂は顔を歪《ゆが》めてぎりぎりと奥歯を噛みしめた。

三日前の夜。凌にお金をたたき付けて帰宅した志穂は、すぐにシャワーを浴び、冷えたビールで喉を潤《うるお》した。そうしてようやく、凌に投げ付けられた言葉が脳細胞に到達したのだ。

自分から誘っておきながら「つまらない奴になった」とかあり得なさ過ぎると、急激に腹が立った。いや、腹が立ったなど生ぬるい。

はらわたが煮えくり返り、煮えて煮えて真っ黒に焦げ付くんじゃないかというくらいに腹が立った。

一緒に飲みに行ったとはいえ、連絡先も交換していなければ仕事場も知らないのだ。文句を言いたくても、会う術《すべ》がない。

——っていうか、会社の場所がわかったとしても、文句を言いに行くようなバカな真似はしないけどね。

もう二度と会うことはないんだからと、必死に自分を落ち着かせてきたのだが……こうして三日連続で夢にまで見るとは。

志穂は寝不足で重い頭を振って、のろのろと出勤準備をはじめる。

文句を言ってやりたい気持ちよりも、正直、もう会いたくないという気持ちのほうが勝っていた。これ以上、凌にトラウマを植え付けられるなんて勘弁願いたいし、この先ずっとトラウマに苦しめられるなんてのも断固拒否だ。だから——

「忘れるのが一番。そうよ、別にもう会わない人なんだから、どう思われようと構わないじゃない。いっそのこと、もう、あの日あの人には会わなかったってことでいいんじゃない？」

通勤途中もぶつぶつとそんな独り言を口にしている志穂は、自分の思考がどうしようもないほど凌に縛られていることに気付いていない。

「おはようございます、志穂さん」

ロッカールームで荷物をしまっていると、背後から背中を叩かれた。

「あ、アリサちゃんおはよう」

かけられた声にいつものように、志穂はにっこり微笑んで振り返った。だが、なぜか、アリサはひくっと引き攣《つ》った笑みを浮かべる。

「し、志穂さん……どうしたんですか？　その顔」

「え？　別にいつも通りだけれど……」

しかし、アリサは猛烈な勢いで志穂を心配した。額に触れ、「熱はないようだけど」とか言っている。

「アリサちゃん。心配してくれるのはありがたいんだけどね、私なら全然平気よ」

「じゃあ、なんでそんなにやつれているんです？　その目の下の濃いクマは何事ですか？」

「あ、ああ……あはは、これね」

かなりしっかり化粧をして誤魔化したつもりだったのだが。自分のメイクの技術もまだまだだなと、志穂は少しだけ反省する。

「その……最近、眠れてなくって」

「眠れてない？」

つい数秒前まで心配そうな顔をしていたアリサは、急ににんまりとした笑みを浮かべた。

「志穂さん、もしかして彼氏でもできました？　眠れてないんじゃなくて、眠らせてもらえないとか？」

興味津々《きょうみしんしん》といった様子で、アリサは志穂の耳元でこそこそ囁《ささや》いてくる。そんなアリサに、志穂は苦笑いを浮かべて緩《ゆる》く首を振った。

「違うわよ、そんなんじゃないわ。ただ……このところ、夢見が悪くって」

悪夢にうなされて、とはあえて言わなかった。その原因を追及されたくないし、説明するのも遠慮したい。

「そうなんですか。でも無理しないでくださいね。志穂さん最近、ため息が多いし顔色も悪いから……もし倒れたりしても、アリサ、支えられませんからね」

意外とアリサは心配性なのだ。後輩に心配かけていては、先輩として面目《めんぼく》が立たない。それになにより、志穂を指名して店にきてくれるお客様に申し訳ない。

「ありがとう、アリサちゃん。さあて、今日も一日頑張りましょうか」

そう言って志穂は大きく伸びをした。

平日ではあるものの、ありがたいことに『アクアマリン』は本日も盛況だ。とはいえ休日に比べればずいぶんと余裕があり、志穂はきちんと昼休憩を取ることができた。

休憩室で自作のお弁当を食べ終えた志穂は、コーヒーを飲みながら美容雑誌をぺらぺらとめくっていた。その時、休憩室のドアがノックされる。

「志穂さん、ちょっといいですか？」

休憩室に顔を出し、そう声をかけてきたのは、受付担当のアルバイトの子だった。

「どうしたの？」

「あの、十八時頃に指名が入ったんですけど、受けても大丈夫でしょうか？　タイムスケジュール的にはこの時間は、空《あ》いているようなんですけど」

差し出されたタイムスケジュールを受け取りながら、志穂はうなずく。

「そうね、大丈夫。えっと……カットね。了解しました」

「よろしくお願いします」

受付の子は志穂からタイムスケジュール表を受け取ると、慌ただしく戻って行った。昼を過ぎた辺りから来客が増えているので、少しバタバタしてきているようだ。

志穂はちらりと時計を見上げる。休憩時間はまだ十分ほど残っていたが……

「そろそろ仕事に戻ろうかな」

そう言ってカップに残ったコーヒーを喉に流し込むと、ぱっと立ち上がる。

一応、昼休憩は一時間取ることができるが、そんなにのんびりしていられない。たまたま今日は座って食事を取り、コーヒーを飲む時間が取れたものの、普段は座ることさえ難しいのだ。まだ昼食を取れていないスタッフのことを考えると、早くフロアに戻って代われる仕事は代わってあげなくては。

そうやって志穂も先輩の美容師に助けられてきたのだから。

志穂は鏡を覗《のぞ》いてさっと髪の毛を直し、外してあったシザーケースを腰に巻いた。そして、颯爽《さっそう》とフロアに戻る。思った以上に賑《にぎ》わう店内に内心で小さく息をつき、今日も脚がぱんぱんになりそうだ……と思いながら、自分に気合を入れた。

「志穂さん、予約の方がいらっしゃいました」

その声に、裏で洗い物をしていた志穂は「はーい」と返事をする。急がなければと思っていたところに、アリサがお客様に出したコーヒーカップを持ってやってきた。

「志穂さん、代わりますよ」

「あ、ありがとう」

「……今きた予約の方、志穂さんのお知り合いですか？」

タオルで手を拭《ぬぐ》いながら、そういえば指名客の名前も聞いていなかったことを思い出す。

「すっごい格好いい人ですね！　よかったら紹介してもらえませんか？」

志穂よりも背の低いアリサは、背伸びをして耳元でそう囁《ささや》く。その言葉に志穂は眉をひそめた。

こう言ってはなんだが、志穂を指名してくれるお客さんの中にアリサが紹介して欲しいと言うほどのイケメンはいなかったはずだ。

知り合いが指名を入れてくれたのかもしれないが、格好いい人なんて……

——まさか⁉

脳裏に閃《ひらめ》いたあり得ない考えに、志穂はハッと顔を上げた。慌てて仕切りからこっそりとフロアを覗く。アンティーク調のソファに長い足を組んでどっかりと座り込んでいたのは……

「な、なんでっ⁉」

「志穂さん？　どうしたんですか？　ほら、お客さん待ってますよ。早く行かないと」

愕然《がくぜん》とその場で凍り付いていた志穂の背中を、アリサがぽんと押す。それほど強い力ではなかったが、志穂はよろよろと仕切りにしがみついた。

「ア、アリサちゃん。紹介する手間がもったいないから、アリサちゃんが行っておいでよ。担当チェンジで」

「なに、言ってるんですか？　チェンジなんてシステム、うちの店にはありませんよ。変な志穂さんですね。ほら、早く行ってください」

「あっ」

さっきよりも強い力で背中を押され、志穂はフロアに転がり出る。転びそうになった体勢を立て直したところで、ソファに腰掛けていた彼と――相馬凌とばっちりと目が合ってしまった。

どうしようもなく格好悪いところを見られて、かっと頬が熱くなる。

――この場から逃げ出したい。できることなら職務放棄してしまいたいっ！

全力疾走で逃げたいのを必死にこらえて、志穂は姿勢を真っ直ぐ伸ばしなんとか顔に強張《こわば》った笑みを浮かべた。

「い……いらっしゃいませ」

笑顔同様、声も強張ってしまう。

――どうしてここにいるの？　どうしてこの店がわかったの？　どうしてつまらない奴のところになんてきたの？

ぐるぐると頭の中を高速で疑問ばかりが駆け巡《めぐ》っている。だが、志穂はそれら全てをぐっと呑み込んだ。こんなところでその疑問をぶちまけるほど馬鹿ではない。彼はお客様で自分は仕事中なのだ。

「こちらでお荷物をお預かりします」

「ああ、どうも」

凌から革のショルダーバッグを受け取り、カウンターの奥にあるロッカーにしまう。彼からは見えないその場所で、志穂は何度か深呼吸を繰り返した。

長くゆっくりと息を吐き出し、これは仕事なのだと自分に言い聞かせる。動揺し、ミスをするような情けないことは絶対にしたくない。

「こちらへどうぞ」

フロアに戻り、凌を席まで案内する。鏡に映った自分の顔は、強張ってはいるが、内心の激しい動揺は隠せているようだ。

志穂は必死に、大丈夫だ、と心の中で繰り返す。

「今日はどうなさいますか？」

「そうだな……任せるよ」

さらっと答えた凌に、「だったら虎刈りにでもしましょうか？」と言いそうになるのを我慢する。

「……長さはどうしますか？」

「それも任せる」

またもさらりと答える凌の言葉に、志穂は笑みを顔に貼り付けたまま、こめかみがひくっと引き攣《つ》るのを感じた。やっぱり虎刈りに……と本気で思っていると、凌が鏡越しに志穂を見つめて微笑んだ。

「志穂が似合うと思うようにしてよ。文句は言わないからさ」

「……っ」

向けられた凌の笑みは、柔らかく優しく……まるで先日の暴言などなかったのではないかと錯覚しそうになる。

——この人の笑顔は十年経っても変わらないな……

そう、凌の笑顔は昔から極上で、この笑みを浮かべて「ごめん」とか言われると、どれだけ腹が立っていてもついつい許してしまっていたのだ。だが、今は昔とは違う。

——そんな笑顔見せたからって、私は騙《だま》されないわよ。

十年前とはもう違うのだ。先日のあの暴言をなかったことにできるはずがない。

凌がどんなつもりで自分を指名したのかは知らないが、完璧に仕事をこなして今の自分がつまらなくないことを証明したいと思った。

「……わかりました。では途中でこうして欲しいというのがありましたら、すぐにおっしゃってくださいね」

志穂はそう言うとカットの準備に取りかかる。

「こちら、よかったらどうぞ」

志穂は、凌の前に何冊もの雑誌をどんっと置く。

カット中に到底読みきれそうもない量の雑誌は、「黙ってそれを読んでいてください」という無言の圧力のつもりだった。だが……

——やりづらい。

凌は雑誌を手に取ることもなく、鏡越しにじっと志穂を見つめている。見つめている……というよりは、観察されている感じだ。

凌に似合う髪型をイメージしようにも、彼の視線が気になって上手《うま》く集中できない。

「どうしたの？　俺に似合う髪型、思い付かない？」

「……いえ」

そっと視線を外し、志穂は大きく息をつく。

鏡越しに志穂を観察している彼の瞳が「どれだけできるのかお手並み拝見」とでも言っている気がした。

——そんなに見てなくたって、ちゃんとやるわよ。こっちだってプロなんですから！

と、志穂はぐっと眉間に力を込める。

そう、プロだ。技術だってある。プライドだってある。苦手な人間に観察されているからといって、手元が狂いましたなんて言い訳はできない。

——絶対に、満足させてやる！

湧き上がってくる気持ちに後押しされ、志穂は真剣に凌の髪をカットしはじめた。彼はその後も山積みにされた雑誌を取ることなく、じっとこちらを見ていたけれど、集中した志穂はもうその視線を気にすることはなかった。

何度も鏡とにらめっこをし、その都度《つど》長さを調整し、ドライヤーで髪型を整えていく。最後に入念にブラシで毛先を整え、志穂はさっと鏡を広げた。彼に後頭部が見えるように鏡の角度を調整する。

「……どうでしょうか？」

髪の長さはあまり変えず全体的に軽くし、引き締まった顔の輪郭がわかるように、顔周りをすっきり仕上げた。

志穂はとてもよく似合っていると思う。きっと、今の志穂にできる最高の仕上がりだろう。

「……うん」

凌が角度を変えながら髪型をチェックしている間、志穂の心臓は口から飛び出そうなほど激しく鼓動していた。緊張のあまり視界さえぐらぐら揺れている気がする。

「気に入った。ありがとう」

「……っ、よ、よかったです」

鏡越しに極上の笑みを向けられ、へたり込みそうなほどほっとした。

「お疲れ様でした」

ケープを外して椅子を回転させる。すると席を立った凌が、志穂の耳元にひそりと囁《ささや》きかけてきた。

「あのさ。髪切ってもらったお礼に夕食ごちそうするよ。仕事、何時に終わる?」

「はあぁ?」

予想外の提案に、志穂は思わず素《す》っ頓狂《とんきょう》な声を上げてしまった。きっと眉間にはしわが寄り、口元は歪《ゆが》んで、「なに言ってるの、この人」という気持ちが前面に出ていたことだろう。

しかし次の瞬間、志穂は自分が接客業の人間らしからぬ顔をしていることに気付き、慌てて営業スマイルを浮かべる。

「……いえ、お礼なんて結構です。仕事ですから」

上手《うま》く誤魔化せたかどうかは別にして、彼の誘いをさらりと受け流す。

すると凌は一瞬むっと口元を歪めた。けれど彼は、その表情をすぐに消し去り、口元にきれいな弧を描く。なのに、目はちっとも笑っていない。

その笑っていない、どちらかというと威圧感のある瞳で、志穂を射貫くように見つめてきた。

「俺の誘いを断るとはいい度胸だね。とにかく、仕事が終わるまで待ってるから、お前は大人しくおごられとけよ」

「いえいえ、本当に結構です。仕事ですから」

相当上から目線な発言に苛つきながらも、志穂は「仕事」を強調しつつ丁重《ていちょう》にお断りする。言外に、あなたはあくまで客であって、特別な人じゃない。だから食事の誘いを受けるいわれはない、という気持ちを込めた。だが。

「とにかく待ってる。ってことで、お会計よろしく。森園さん」

一方的に会話を終えて、にっこりと微笑む。志穂は唇を噛んでロッカーから凌の荷物を取り出した。

――どうして食い下がるかな⁉　私のことなんか放っておいてよ。

つまらなくなったと言っておきながら、わざわざ志穂を指名して髪を切りにきた挙げ句、食事に誘ってくるとか意味不明過ぎる。

凌は「仕事が終わるまで待っている」と言っていた。けれど、仕事が終わるまであと一時間以上もある。それだけの時間を、本当に待っているつもりだろうか。いや、彼のことだ。きっと待っているはずがない。

「ありがとうございました」

「で、何時に終わるの？」

会計を済ませた凌を店の入り口まで見送ると、彼が腕時計を確認して言った。

「答える必要はないと思いますが」

あくまで営業スマイルを浮かべたままそう答えると、凌は少しだけ面白くなさそうな顔をした。

「じゃあ、この店の営業時間は何時まで？」

「営業時間がどうかされましたか？」

「ああ、閉店時間は二十時ね。わかった」

自分で聞いてきたくせに、凌は自分でさっさと店の前のドアに掛けられたボードをチェックしている。

「じゃあ、また後で」

「それではお気を付けて」

「また後でね、志穂」

「またのご来店、お待ちしておりま――」

「後で」

凌は語気を強め、志穂の言葉を遮《さえぎ》った。そして片手を上げると、さっさとその場を去って行く。

――なんて、勝手な……

先日同様、強引で勝手な凌に呆れて、志穂はぽかんとその場に立ち尽くしてしまう。

――本気で待っているつもりかしら。

そう思う一方で、きっと待ったりしないだろうと高を括《くく》る。再会してほんの少し一緒にいただけだが、彼が気まぐれだということがよくわかった。だから一時間以上も時間があれば、きっと気が変わるだろう……

そして願わくば、自分をそっとしておいてもらえたらいいんだけど……と志穂は心の底から願って仕事に戻った。


ところが。

「遅い。いつまで俺を待たせる気なんだよ、お前は」

「……あの、ですから、はっきりお断りしたはずですが」

仕事を終えて外に出た志穂の前に、不機嫌全開の凌が仁王立《におうだ》ちしていた。

「仕事はもう終わったんだな？　よし、じゃあ行くぞ」

そう言って、彼は志穂の意思を完全に無視して、ぐいと腕を引っ張る。その横暴ぶりがさすがにいらっときて、志穂は彼の腕を振り払おうとした。だが、しっかりと掴《つか》まれた腕を振り解《ほど》くことはできなかった。

「……人を待たせておいてその態度はないんじゃないか？」

薄く微笑んだ顔に、地の底から響くような低い声。こちらを見つめる彼は、一切の拒絶を許さない威圧感をびしびしと放っていた。

そんな志穂と凌を、通行人がじろじろと横目で見ながら通り過ぎていく。そこで志穂はハッとした。ここは店の前なのだ。こんなところを店のスタッフに見られでもしたら、それこそどんな噂をされるか……もめている場合ではない。

「わかりましたよ」

仕方なくそう答えると、凌は噛み付きそうな気配を和《やわ》らげ、うんうんとうなずいた。

「そうそう、最初から素直にそう言ってればいいのに」

反論する気力もなく、志穂は大人しく凌に従った。なんだか、どう頑張ってもこの誘いを断れない気がする。

凌は志穂の腕を掴んだまま、大股でずんずんと歩いていく。もともと彼とは脚の長さが違うので、志穂は転ばないようについて行くのに必死だ。思わず小走りになって息が弾む。

そんな志穂に気が付いたのか、振り向いた凌が「悪い」と言って歩調を少し緩《ゆる》めた。

やっと落ち着いて歩けるようになり、志穂は息を整えながら声をかける。

「あの、逃げたりしませんから、せめて腕を放してくれませんか？」

本当は逃げ出したいところだが、ここまできて今更逃げる気はない。ただ、こうして凌に腕を掴まれている状況が、どうにも居心地が悪かった。

「やだね。お前、突然消えるの得意だろ？」

凌は振り返らずにそう答える。

――え？　それって……

彼が言っているのは、もしかして高校時代のことだろうか。

――私が急に避けたこと、なんとも思ってなかったんじゃないの？　それとも十年ぶりに再会して、なにか思うことでもあった？　それともただの嫌味？

疑問が次々と浮かんできたが、それを口にする気にはならなかった。

彼の答えを聞いたところで、今更なにが変わるわけでもないし、変えたいとも思わない。

そのまま黙ってついて行った先は、古びた居酒屋だった。正直、お洒落《しゃれ》な店に連れて行かれると思っていた志穂は、意外に思う。店に入り席に座ったところで、やっと凌の手が離れ、志穂はこっそりと安堵の息をついた。

この店も以前のバー同様、凌の馴染《なじ》みなのか、彼はやってきた店員にメニューも見ないでさっさと注文しはじめている。

「志穂、ビールでいい？　ちなみに、ワインとかお洒落《しゃれ》なものはないからな」

「ビールでいいです」

「じゃあ、生ふたつ」

凌が注文をしている間、志穂は店内をきょろきょろと見回す。正直なところ、お洒落な店じゃなくてほっとしていた。そんなところに連れて行かれては、マナーに気を取られて緊張してしまいそうだ。

「居酒屋、珍しい？」

テーブルに肘をつき、凌が面白いものでも見るようにこちらを見ている。

志穂は「いえ」と首を振って小さく答えた。

「志穂は普段、こういう居酒屋にはこないかもしれないと思ったんだけどさ……こういうところのほうがほっとするし、食った気になるんだよ」

にっと悪戯《いたずら》っぽい笑みを浮かべる凌から、志穂は咄嗟《とっさ》に目をそらした。その笑顔は十年前のままで……あの頃抱いていた恋心まで思い出しそうになる。

けれどそれによって、志穂はかえって凌に関わりたくないという気持ちを強めた。ただ、どうして店の場所を知っていたのか、それは確認したい。

「あの……どうして私の勤める店がわかったんですか？　言ってませんでしたよね？」

美容師だと言った覚えはあるが、店の名前を言った覚えはない。もう二度と会いたくないと思っていたのだから。

凌が志穂の疑問に答える前に、ふたりの前にジョッキが運ばれてきた。彼はそれを志穂に差し出してきて、なんとなく乾杯をする。

美味《おい》しそうにビールをあおる凌に倣《なら》って、志穂もジョッキに口を付けた。冷たいビールが喉を潤《うるお》し、アルコールが体に染み渡っていく。

ビールに続き、凌の注文していた焼き鳥や刺身などが次々に運ばれてきた。

「……で、なんの話だっけ？」

「どうしてお店を知っていたのかって……」

「ああ。そんなの、ホームページ見たからに決まってんだろ。この前会った場所から志穂の職場はきっとそう遠くはないと思った。だから、あの近辺の美容室のホームページを見て志穂のいる店を見付けた」

「ホームページ、ですか」

「ああ」

確かに、『アクアマリン』にもホームページがあり、スタッフを紹介するページがある。けれど、この近辺に美容室は何軒もあり、それをひとつひとつチェックしていくとなれば、それなりに手間のかかる作業だったはずだ。

――そこまでして、私を探した？

疑問がさらに膨《ふく》らみ、志穂は眉をひそめる。

「あの、この前、私に言いましたよね？　つまらなくなった……って。なのに、どうしてわざわざ探してまでそんな相手に会いにきたんですか？」

「ああ……それは」

凌はそこまで言って口を噤《つぐ》み、一瞬視線をさまよわせた。そして再び真っ直ぐ志穂を見てくる。その瞳の中に、なぜか志穂は苛立った影を見た気がした。

「志穂があまりにも変わっていたから、興味が湧いた」

――興味が、湧いた？　私に？

どくんどくんと、全身が心臓になったかのような錯覚を覚える。ふつふつと湧き上がってくる喜びに、志穂はにやけそうになる顔を必死にこらえた。

嬉しい……いや、それはちょっと違うかもしれない。どちらかというとこの喜びは、達成感に近い。十年前に否定された自分が、やっと彼に認められたんだと。

――変わった私は、この人に興味を持ってもらえた。これまでしてきた私の努力は、間違っていなかったんだ……！

そう思うと、天を仰いで快哉《かいさい》を叫びたい気分になった。

志穂は感動で震えそうになる体を、自分の腕でしかと抱きしめる。

「昔はあんなに面白かったのに、この前会った時は全然面白くなくなってて、こいつになにがあったんだろうって、そう思ったら興味が湧いてね」

「……」

けれど志穂の感動は、凌の一言で粉々《こなごな》に打ち砕かれてしまった。

――ああ、そうですか。

つまり、女らしくなった志穂に興味を持ったわけじゃなく、昔より面白くなくなったから逆に興味をそそられた……と。

――つまらなくなった奴に興味を持って、わざわざ探してまで誘ってくるなんて、この人きっと暇なのね。へそ曲がりの暇人なんだわ。

先ほどの感動はきれいさっぱり吹き飛び、志穂の胸にはむかむかとした苛立ちが湧き上がってくる。

店のスタッフに凌といるところを見られたら……と思って付いてきてしまったが、やはりやめておくべきだった。志穂の心に、後悔の念が苦く込み上げる。

もうこの先、どんなことがあっても凌とふたりきりになるのはよそうと心に決め、志穂は目の前のビールをぐっとあおった。

「いい飲みっぷりだね。ほら、食べ物もどんどん食えよ。ここの料理、本当に美味《うま》いから」

凌が「ほら」と言って焼き鳥を一本差し出してくる。志穂は一応「どうも」と言って手を伸ばしたが、凌は串を手にしたままにっこりと微笑んだ。

「食わせてやるよ。口、開けて?」

細められた彼の目は、志穂が取り乱すのを期待して面白がっているように見える。そんな凌に、志穂は無表情のまま大きくため息をついた。

「いえ、それは自分で食べてください」

志穂はそう言って、テーブルの上に並んだお皿から、ひょいと枝豆を摘《つ》まんで口に入れる。

「私は、ひとりで食べられますので、どうぞご心配なく」

にっこり優雅に微笑んで見せると、凌は面白くなさそうに串を皿に戻した。

「本当にお前、面白くなくなったな」

「なんとでも」

ため息まじりにそう呟《つぶや》かれ、志穂は内心で舌を出しさらりとそう返す。

「本当、変わったよ。お前は」

凌はもう一度、そう言って薄く微笑む。

「……昔の私って、どんなふうでしたか?」

凌の目に昔の自分がどう映っていたのかなんて、聞かなくてもわかっている。けれど、きっと会うのもこれで最後だろうから、志穂はそう尋ねてみた。

「そうだな、一緒にいて楽だった。遠慮しなくてもいいっていうか、気を遣わなくてもいいっていうか……同性みたいな?」

——同性、ね。そりゃそうだ。女と思っていなかったんだから。

「じゃあ、今はどうですか?」

志穂は絶妙な角度で首を傾《かし》げると、じっと凌を見つめて問いかける。

自らの傷を抉《えぐ》るような質問を凌に投げかけたのは、彼の目に今の自分がどう映っているのか、それを知りたいと思ったから。

すると淩は、斜め上を見上げ、「うーん」と腕を組んで考え込む。そんなに難しい質問をした覚えはない。言ってくれればいい。思ったままを。

「なんて言うか……見た目は、女性らしくなったと思う。言葉遣いとか、仕草とか……やっぱりあの頃とは全然違うって……そう思った」

「そう、ですか」

淩の言葉を聞いて、志穂は俯《うつむ》き小さく微笑んだ。

ということは、少なくとも女性とは思ってもらえているのだ。それだけでも志穂にとっては大きい。昔は女性と認識されてなかったのだから。

――もうそれだけでいいか。目標達成ってことで、もう先輩のことは綺麗さっぱり忘れよう。

そう納得して、志穂は長年苦しめられたトラウマからも、これでやっと解放されるんじゃないか……そう本気で思ったのに。

「でもあれだな、俺は昔のお前のほうが好きだったけど」

なのに、淩のそのたった一言で、目の前が真っ黒に染まった。目の前だけじゃない。心の中も。

――昔の私のほうが好きだった？

それはつまり、色気もなくて女とも思えなかった十年前の自分に、現在の志穂が劣っている。そういうことだろうか。

「正直ちょっとがっかりした」

だめ押しの一言に、志穂は自分の中でなにかがプチッと切れる音を確かに聞いた。

――がっかりした？　じゃあ、私のこの十年間はなんだったって言うの？　努力してここまできたっていうのに、この人は十年前も今も、たった一言で私を全否定するわけ⁉

そう思った途端真っ黒に塗りつぶされていた視界が、真っ赤に染まる。

この人はどこまで私を惨《みじ》めにしたら気が済むんだろう。そう思ったら、もうきれいさっぱり忘れるなんて不可能だ。

どうにかして、彼に一矢《いっし》報《むく》いないと……報復しないと、あまりにも自分が可哀想だ。自分という人間を全否定されたままでいるなんて我慢できない。

――そうだ。この人を、誘惑できないかしら？

そんな考えが唐突に、志穂の中に閃《ひらめ》いた。それは滴《しずく》が水面に落ちて波紋を広げるように、志穂の心に広がっていく。

――この人を誘惑して、私のことを好きにさせる。そしてその後、男だと思えないと言って彼のことを振るのだ。もし、それができたら……

つまらなくなった女にそんなふうに言われたら、きっと志穂が受けた悔しさを思い知るに違いない。

想像しただけで体が震えた。これを実現することができたら、きっとトラウマなど、きれいさっぱり消え失せる気がする。

――でも、できる？　この人を誘惑するなんて、私に。

「志穂？　どうかしたか？」

凌が身を乗り出して、テーブル越しに志穂の顔を覗《のぞ》き込んでくる。再会して一番接近された気がして、志穂は動くこともできずにぴきっとその場で固まった。

「なんか、顔赤いぞ？　まさかもう酔ったか？」

大きな手が近付いてきて、志穂は凌を見上げたまま身をすくめる。すると、その手が戸惑ったようにさまよい、頬に触れることなく離れていった。

「えーと……ああ、ノンアルコールのものでも頼んでやろうか？」

「いえ。大丈夫です。すみません」

——あれ？　もしかしてこれ、思ったよりもいけるんじゃない？

志穂は震える手でグラスを持ち上げ、ビールを一口飲んだ。ゴクンと飲み込む音が妙に大きく響いた。ちらりと視線を上げて真正面を見ると、凌がどこかばつの悪そうな顔で、同じようにビールを飲んでいる。

——さっき先輩は、昔みたいに気安く私に触ろうとしたのよね。

けれど彼は、触れることなく手を引っ込めた。戸惑ったのだ。それは……思っている以上に、志穂をちゃんと女性として意識しているからではないだろうか。

どきんどきん、と店内の喧騒《けんそう》さえ掻《か》き消すほどの胸の高鳴りが志穂を支配した。

——できるかじゃなくて、やるのよ！　誘惑、してやる……！

そう決心した途端、それまで経験したこともないほど、気持ちが高揚するのを感じた。

絶対にやってやると、無謀としか言いようのない野望に胸を躍らせる。

方法については、これっぽっちも思い付かなかったが。

「おい、大丈夫か？」

「だい……じょうぶですぅ」

志穂はそう答えたものの目の前がぐわんと揺れて、立ち止まって頭を抱えた。

あれから――凌を誘惑しようと決めたものの、その方法が一向に思い浮かばなかった。

女性に不自由しているとは思えない彼を、恋愛経験の少ない志穂が誘惑するなど、さすがに無謀過ぎたか。

それでもなにか手を考えなければ……と、頭を悩ませた志穂は、気付けば飲み過ぎていたのだ。

しかも、この数日悪夢にうなされ寝不足だったせいで、すっかり酔っ払ってしまった。

居酒屋を出た後、風に当たって少し休んだのだが、一向に酔いは醒めてくれない。なんとか歩けるまでには回復したが、電車に乗れるかはかなり不安なところだった。

いや、それよりも、結局まだ、凌を誘惑する手立てを考えつかないのだ。このまま別れてしまっては、次いつ会えるのかもわからないというのに……

どうにかしなければと焦りが募《つの》る。なのに、どうにもできない自分がもどかしく、志穂は深々と熱い息を吐き出した。

そんな志穂の様子を具合がよくならないのだと判断したらしい凌は、気遣わしげに顔を覗《のぞ》き込んでくる。

「今、タクシー捕まえてくるから、お前はちょっとここで待ってろ」

「……あっ、待って」

くるりと踵《きびす》を返し、走り出そうとした凌の腕を、志穂は考えるよりも先に掴《つか》んでいた。ふらついた脚がもつれて前のめりに体が傾《かし》ぐ。バランスを崩した体は、次の瞬間、凌の腕の中にすっぽりと収まっていた。

「大丈夫か？」

包み込むように抱き留《と》められ、洋服越しに凌の体温を感じた。彼の香りが鼻孔《びこう》をくすぐる。思いがけない接近に、志穂は言うまでもなくパニックに陥《おちい》った。

さらに、凌を誘惑しなければという焦りも加わり、考えるより先に言葉が出る。

「あ、あの……っ」

——あなたを誘惑する方法が見つからないの。だから……

「まだ、帰りたくないんです……っ」

——その方法を見付けるまでは、あなたを誘惑するまでは。

「このまま一緒にいたいんです……！　帰りたく……ない」

凌の腕に包まれたまま、必死に彼を見上げた。

視線の先では、凌が僅《わず》かに目を見開き、驚いた表情で志穂を見下ろしている。

どうしてそんなに驚いた顔をしているんだろう？　そう思った次の瞬間、凌の顔がゆっくりと笑みを形作った。それはもう、『なにか企《たくら》んでます』という言葉を具現化したかのような笑みだった。

「あ、あの……？」

危険を察知した志穂が、咄嗟《とっさ》に凌から身を離そうとする。だが、凌は逆に触れ合った体を更に強く引き寄せた。

「志穂。それ、俺を誘惑しているつもり？」

「え？」

いつ自分が凌を誘惑したのだろう？　と、アルコールのせいで上手《うま》く回らない頭を必死に働かせる。自分はその方法を考え、でも考えつかなくて困っていた……はずだ。

なのに、どうして彼を誘惑したことになっているのだろうか。そこで志穂は、つい今しがた、自分が口にした言葉を思い返す。

『まだ、帰りたくないんです。このまま一緒にいたいんです！　帰りたく……ない』

――あれ？　これって……相手を誘っているように、聞こえなくもない？

「まさか志穂がそんなことを言うなんてね、正直驚いた」

志穂にもそんなつもりはまったくなかったが、凌はすっかり誤解しているようだ。

喉元まで出かかった否定の言葉を、志穂はぐっと呑み込む。せっかく誤解してくれているなら、このままのほうがいいのではないだろうか。

今この場で誤解を解いたとして、その後、志穂には到底凌を誘惑する方法など思い付かないのだから。凌が誘惑されたと誤解してくれたなら、このままでいたほうが……でも、この先どうしたらいいものか。

「否定しないってことは、肯定って理解していいんだね？」

と凌は志穂の瞳を覗《のぞ》き込んでくる。

「は、はいっ」

誤解でもなんでも、このチャンスを逃すわけにはいかない。志穂は咄嗟にうなずいていた。

「じゃあ、お望み通り、誘惑されてやるよ」

凌は含みのある笑みを更に深めると、志穂の手を掴《つか》んで歩き出した。

そうして凌に連れて行かれたのは、いわゆるラブホテルが立ち並ぶ一角だった。

そのことに気が付いて、志穂は全身からどっと汗が噴き出してくるのを感じる。冷静な頭であれば、誘惑するとは、つまりこういうことなのだとわかったはずなのに、心の準備をまったくしていなかったのだ。

だいたい、こんなに簡単に彼を誘惑できるなんて、思ってなかったのだから。

一軒のホテルに入ろうとしたところで、志穂は思わず足を止めた。

「あ、あの……っ、あの、ここって……！」

「ホテルだけど」

内心で焦りまくっている志穂とは対照的に、凌はあっさりと答える。

「帰りたくないんだろ？　そう言って俺を誘惑したんじゃないのか？　それとも……やっぱりやめて帰る？」

視線をさまよわせる志穂の瞳を、凌が間近から覗き込んでくる。さらりとした前髪の隙間から、意地悪な瞳が志穂を射貫いた。

「俺はこのまま帰ったって構わないけど……？」

「か、帰りません！」

凌に、戸惑っている気持ちを見透《みす》かされている気がして、志穂は考えるよりも先にそう答えていた。

「じゃ、入ろうか」

再び腕を引かれ、ホテルの中に足を踏み入れる。凌はさっさと部屋を決め、再び志穂の腕を引いて歩き出した。

ここまできてしまった以上、志穂も後には引けない。腹を決めて凌に付いて行った。

「どうぞ、先に入って」

先に部屋に入るよう促《うなが》され、志穂はおずおずと中に入る。実のところ、志穂は初めてラブホテルに入ったので、物珍しくて思わず部屋の中をきょろきょろと見回してしまった。

ラブホテルとはもっといかがわしい雰囲気の場所かと思っていたが、普通のホテルと大差ない。そのことに、なんとなくほっとした時。

「……っ、え？」

足が床から浮き上がったと思ったら、視界がぐるんとひっくり返った。

凌が志穂の腰に腕を回し、肩に担《かつ》ぎ上げるようにして持ち上げていたのだ。「離して」という言葉を発する前に、志穂の体は望み通り彼の腕から離された。……というか、放り出された。

「きゃ……っ！」

大きなベッドの上に投げ落とされ、志穂は小さく悲鳴を上げた。自分の置かれている状況を理解する暇もなく、目の前に端整な凌の顔が迫る。

薄く微笑んだその唇は、あっという間に志穂の唇を塞《ふさ》いだ。

——え、今、私、先輩と……キス、してるの？

酔っているせいだけではなく、あまりの急展開で思考が追いつかない。それどころか、初めから貪《むさぼ》るように激しいキスをされて、思考が麻痺してくる。

「ん……っ、ふぅ、んん……」

唇を割って差し込まれた凌の舌先が、口内をくすぐりねっとりと志穂の舌に絡《から》みついてくる。舌先や唇を吸われ、交じり合った互いの唾液が口の端《はし》から溢れていく……

キスなんて久しぶりだ。しかも激し過ぎて、志穂は呼吸が上手《うま》くできない。なんだか目の前が暗くなってきたなぁ……なんてぼんやりと思った時、やっと激し過ぎる口づけから解放された。

直後、体が勝手に酸素を求めて大きく喘《あえ》ぐ。酸欠寸前だったのか、思った以上に胸が苦しく視界が潤《うる》んだ。荒い呼吸を繰り返しながら凌を見上げると、彼は眉を寄せ何故か苛立った表情を浮かべている。

——また、この表情。

再会してから、凌のこんな表情を何度か見かけた。けれど志穂は彼を苛立たせることをした覚えはない。それとも、キスした時になにか変なことでもしてしまったんだろうか……

自分の置かれている状況も忘れ、志穂はぼんやり考えていた。けれど、すぐにそんな場合ではないと思い知らされる。

凌の唇が志穂の首筋を掠《かす》め、服の裾から長い指が侵入してきたのだ。

「……っ！　あ、のっ、あの、ちょっと待って、くださ……んんっ！」

志穂は咄嗟《とっさ》に凌を押しのけ起き上がったが、腕を引かれ一瞬でシーツの上に引き戻される。そして再び凌に唇を奪われた。

だが、重なった唇はすぐに離れる。凌は見透《みす》かすような瞳で志穂を見つめると、その唇をぺろりと舐《な》め上げた。

「ここまできて今更待てとか、なんの冗談？　やっぱりやめるとか言うわけ？」

「そ、そんなんじゃ」

志穂だってわかっている。ここまできて今更できませんとか、そんなことは通用しないということくらい。

「じゃあ、待たなくていいね」

そう言って、服の裾から忍び込んできた凌の冷たい手が、下着の上から志穂の胸に触れる。

「きゃ……っ」

けれど、頭ではわかっていても、あまりにいきなり過ぎて、どうしても気持ちの準備ができないのだ。

「あ、あのっ、シャワーを、先にシャワーを浴びさせてください」

シャワーを浴びている間に、どうにか心の準備を整えよう。それに……汗臭かったらどうしようとか、急に気になってきたのだが。

「ダメ」

「え、ええっ？」

まさか拒絶されるとは思っていなかった志穂は、みっともなく声が裏返ってしまった。

「す、すぐに戻ってきますから」

その気持ちに偽りはなかった。本当に心を整理して戻ってくるつもりだった。けれど、目の前の凌はその顔に妖《あや》しげな笑みを浮かべる。それは、きれいな……魔物を思わせるような笑みで、志穂はぞくりと背中に冷たいものが走った。

「ダメだよ、志穂。そうやって油断させておいて、また逃げる気なんだろ？　あの時みたいに……だからシャワーなんて浴びさせてやらない」

「そ、そんなこと……っ、んう……っ！」

――どうして今、そんなことを言うんだろう。まるで私を、逃がしたくないみたいに聞こえる……

けれど浮かんだ思いは、すぐに霧散した。

深く唇を重ねられ、容赦なく舌を絡《から》め取られる。くちゅり、ぴちゃりと濡れた音が直接頭に響いてきて、かあっと全身が熱くなった。

「ン……んん……」

酸欠に陥《おちい》りつつあるのか、それとももっと別の理由からなのか……

志穂の体からは次第に力が抜け落ちていった。凌を押しのけようと突っ張っていた腕が脱力し、シーツの上にぱたりと落ちる。高熱にでも冒《おか》されているのかと思うくらい、頭がくらくらし視界が潤《うる》む。

激しく交わされていた唇が離され、肩を押さえていた凌の手が離れても、もう志穂には動くことすらできなかった。

「ずいぶんとやらしい顔をするようになったもんだな。……ほんと、あの頃とは大違いだね。そうやって、今まで男を誘惑してきたのか？」

簡単に男の人と一夜を共にすると思われるのは、正直心外だ。けれど、彼を誘惑するという目的を果たすためには、このチャンスを逃す手はない。誤解されなければ、志穂にはきっとこの状況を作り出すことはできなかった。だから……このチャンスを最大限利用する。

「で、でも……その誘惑に乗ったのは、先輩じゃないですか」

最大限強がって、煽《あお》るようにそう言い放つ。勝ち気な凌が、後に引けなくなることを狙って。志穂は必死に震えをこらえながら、凌の首に手を回した。

「まさかあの志穂が男を誘惑するようになるとはね。そうだな、お前が誰にでもそんなことしようなんて思わなくなるように、俺が躾《しつ》けてやろうか？」

「できるものなら」

「……っとに、可愛くないな」

ぼそりと呟《つぶや》かれた凌の言葉も、なんだかもうよく聞こえない。心臓の音がうるさくて。鼓動が鼓膜を震わせ、視界さえも震わせているようだ。ぐらぐらと揺れている視界から、不意に凌の姿が消える。

「ん……っ、んぁあ……っ」

凌が志穂の首すじに顔を埋《うず》める。そのまま唇が首すじを這《は》い、舌で耳殻《じかく》を舐《な》め上げ耳朶《じだ》を咥《くわ》えた。その刺激に耐えかね、志穂の口からは高く甘ったるい声が漏《も》れてしまう。そんな自分の声に、志穂は既に紅潮した頬を更に赤くした。きっと凌にも気付かれたに違いない。

「耳、弱いんだね」

僅《わず》かに顔を上げ、凌が面白そうな瞳で志穂を見る。

耳が弱いだなんて自覚はなかった。ただ、凌の舌に攻められた瞬間、まるで弱い電流が志穂の体を駆け抜けた気がしたのだ。その変化を見抜かれたことに、志穂はなにも言えないまま視線を泳がせる。

さらに、凌がくすっという微かな笑い声を漏らし、いたたまれなくなった。

「あとはどこが弱い？　自分でもわかってるんだろ？　弱い場所」

「そ、そんなの……わからな……あ……んっ！」

意地悪な声と共に、凌の唇が志穂の首筋を這い回った。ちゅっと小さな音を立てて吸い付き、くすぐるように舌先で鎖骨をなぞる。

「ん……んん……っ」

彼に触れられる度、体の中にさっき感じた弱い電流が次々と生まれ、腰の奥をざわつかせた。聞かれるのが恥ずかしくて必死に声を押し殺しても、鼻にかかった声が漏《も》れてしまう。

「わからない？」

「あ……や、やぁ」

服の裾が一気にめくり上げられ、凌の目に素肌が晒《さら》されてしまう。ブラの上から胸を掴《つか》まれ、体がびくんと跳ねた。

「本当はわかってるんだろ？　まさか初めてってこともないんだろうし」

余裕の笑みを口元に浮かべ、凌は志穂を見下ろす。だが、口元は笑っているのに、どういうわけか彼の目には隠しきれない苛立ちが浮かんでいた。そのアンバランスさに、志穂の胸はなぜか苦しくなる。

苦しくて身動きができなくなった。

「土壇場《どたんば》で抵抗するかと思ったけど……へえ。十年も経てば、ちゃんと誘惑できるようになるってわけか」

「なんのこと？」

彼の言葉はとても、誘惑されたと勘違いしているようには聞こえない。それどころか、志穂が本気で誘惑してきたのか、その覚悟を試しているような……

——もしかして、なにか気が付いている!?

そう思ってひやりとした。けれどそのおかげで、快感に流されそうになっていた意識がふっと冷静になる。

快楽に流されてはいけない。この行為は報復のための第一歩なんだ。長年囚《とら》われ続けたトラウマから解放されるために仕方なくしているだけ……。当たり前だが、恋愛感情など、自分には一欠片《ひとかけら》もないんだと頭に刻み付ける。

「まあ、どっちでもいい。お望み通り誘惑されてやるよ」

「あっ！　……ふ、ぁあっ」

凌はおもむろにブラに指を掛けて上にずらすと、露《あら》わになった志穂の胸を両手で持ち上げ顔を埋《うず》めた。胸の先を舌先で弾かれ、甲高い声と共に背筋が仰《の》け反《ぞ》る。

「や……ま、待って……お、お願……ん、ぁあ」

片方の胸の先は指で捏《こ》ねられ、もう片方は舌先で転がされた後きつく吸われる。与えられる刺激に志穂の体はあっという間に翻弄《ほんろう》され、意思とは無関係にびくびくと反応してしまう。

もう何年も、こういう刺激とは無縁だったのだ。あまりに快楽が強くて呼吸は乱れ、頭の芯が痺《しび》れてくる。これ以上ないほど体温が上がり、体の内側からドロドロに溶けてしまいそうになった。

恐れにも似た気持ちが湧き上がり、志穂は何度も「待って」とうわごとのように口にする。だが、その願いが叶えられる気配は一向にない。

「お願……っ、ま……って。ん、んぁあっ」

「待てないって何度言ったらわかる？」

「ん、んん……っ」

何度目かのお願いで、ようやく凌がその動きを止めてくれた。けれど胸に顔を埋《うず》めて話すものだから、その振動がびりびりと肌を震わせる。そんな僅《わず》かな刺激さえ、今の志穂にはたまらず、歯を食いしばって体を小さく震わせた。

「もっとして欲しいって、志穂の体は言ってるよ。ほら、見てみなよ。ここ、こんなに固くなってる」

そう言いながら、凌は志穂の両胸を持ち上げてみせた。

「や、やだ……」

志穂はさっと目をそらす。そんなもの見なくても、自分のそこが今どうなっているのかくらいよくわかっている。

さっきから散々凌に弄《いじ》くられている胸の先が、じんじんと疼《うず》いて仕方がない。志穂は自分がこんなに胸が弱いだなんて、まったく知らなかった。

「ねえ、志穂」

少しだけ顔を上げた凌が、目を細めて志穂を見つめてくる。同時に、両方の乳首をきゅっと摘《つ》まみ上げられ、志穂は声にならない嬌声《きょうせい》を漏《も》らす。

「今まで何人の男と付き合ってきた？」

「……え？」

そんな質問をされるなんて思ってもいなかった志穂は、まじまじと凌を見つめる。そこで、自分に向けられる彼の冷たい瞳に心臓がどきんと嫌な音を立てた。

「何人に、こんなふうに体を触らせた？」

「そ、そんなの、凌さんに関係ないじゃないですか……っ」

穏やかに話しかけられているにもかかわらず、凌の声には無数の針が含まれてるようだ。

——やっぱり怒ってる？　どうして……

けれど今の志穂には、その理由を聞くことはできない。たとえ彼が怒っている理由に見当がつかなくても、それが自分のせいだとしたら、どうしていいのかわからないから。

いや、違う。万が一、凌の言葉で、胸の奥にある傷が更に大きくなったりしたら怖いからだ。

ぎゅっと眉根を寄せ、口を引き結んで凌を見つめる。すると彼は、ぞくりとするほど妖《あや》しく微笑んだ。

「関係ない……確かにね。でも、答えろよ」

「どうだっていいじゃないですか。……っ！　ん、ん、あ、ああ……っ！」

反論は許さないとばかりに、再び凌が志穂の胸に顔を埋め、胸を弄《もてあそ》びはじめる。

両方の乳首を、ちゅっと音を立てて交互に吸われ、そのまま舌先で転がされた。胸の先からびりびりと快楽を含んだ電流が走り、志穂の体はもっとと言っているかのように勝手に仰《の》け反《ぞ》る。

「や……ぁ、そ、そんなに……そんなに、しな、いでぇ……」

体が熱くて、息が苦しい……

本当にやめて欲しいと思っているのに、聞こえてくる自分の声はそんな意思とは正反対の色を含んでいた。まるでもっとと強請《ねだ》っているみたいに甘く蕩《とろ》けている。

「嘘つきだな、志穂は」

「や……ん、んんっ」

「本当は気持ちいいんだろ？」

志穂はぎゅっと目を瞑《つむ》り、首を横に振った。けれど、凌に指や舌で胸を弄《もてあそ》ばれる度、鼓動が速まりどんどん体が火照《ほて》ってくる。

……そして、脚の間の秘めた場所が疼《うず》き、もじもじと腰が動いてしまうのを、もう誤魔化しようがなかった。

紛れもなく、凌に触れられて感じている。

「ほら……こっちも欲しいんじゃないのか？」

「っぁあ！」

凌の指がするりと志穂の腿《もも》を撫で上げ、ショーツの上から一番敏感な場所に触れてくる。

途端に、それまでとは比較にならない刺激が体の中心を貫いた。目の奥でちかちかと光が弾ける。

けれど凌の指先はすぐに離れてしまった。代わりに、志穂の火照った頬をなぞる。

「ちゃんと俺の質問に答えられたら、もっとよくしてあげるよ」

だから素直に答えるんだ。

と、ひそりと耳元で囁《ささや》く。熱い吐息が耳朶《じだ》をくすぐり、腰の奥が熱く疼いた。

——なに、これ？　私、こんなに弱いはずないのに……

既にドロドロに溶かされかけた思考で、志穂はぼんやりとそんなことを考えた。

今まで付き合ってきた相手とも、こうして体を合わせたことはある。でも、こんなに苦しいほどの快楽に支配された記憶はない。

「……っ、せ、先輩は、女性……の、扱いに、ずいぶん慣れて、いるようですね。先輩……こそ今まで何人と……っふ、ぁああ！」

一方的に攻められている状況が悔しくて、つい憎まれ口を叩いたのだが、どうやらそれは逆効果だったようだ。

「へえ……余計なことを言ってる余裕があるわけだ？」

「あ……あ……っ、あ、んぁあ……っ」

固くした舌先で乳首を弾かれ、形が変わるほど胸を揉《も》みしだかれる。胸を愛撫されているだけだというのに、快楽は甘い毒のように全身を侵食していった。もっともっとと体が無意識に凌を欲してしまっている。

与えられるのは確かに快楽なのに、苦しくて苦しくて志穂の目には涙が浮かんだ。

「……っ、くるし……」

口から漏《も》れた言葉に、凌は意地悪な笑みを浮かべた。

「苦しい？　じゃあ、素直に答えろよ。楽にしてやるから。……今まで、何人と付き合ってきた？」

「さん……にん」

息を弾ませ、そう答える。もう強がる余裕はなかった。中途半端な快楽はまるで拷問《ごうもん》のようで、苦しくて仕方ないのだ。

「初めてセックスしたのは？」

「……っ、十九の……時に」

「へえ……そいつが志穂をこんなふうに、感じやすい体にしたんだ？」

胸を揉《も》みしだいていた凌の手に力がこもり、乳房を痛いほど掴《つか》まれた。

「ち、ちがう……っ」

「じゃあ、誰？　俺の知ってる志穂は、自分から男を誘惑するなんてできる奴じゃなかった。それにほら……」

「や……っ、ん、あぁ！」

再び凌の指がショーツの上から志穂の秘所に触れる。そこからくちゅりと濡れた音がしたのは、きっと気のせいではない。

「すごく欲しそうにしてる。お前をこんな男を誘う体にしたのは、誰？」

――そんなの、知らない！　私だって、自分がこんなふうになるなんて知らなかったのに！

触れられるだけで体の中心を突き抜けていく刺激に、浮かんだ思考などあっと言う間に弾けて消えた。ただそれでも、志穂は涙を零《こぼ》して必死に首を横に振った。

「まあ……いいか。そんなもの、全部俺が塗り変えてやるから」

志穂を見下ろす凌の目は、猛禽類《もうきんるい》を思わせるほど鋭い。なのに……

「ん、んん……」

そっと唇が降ってきて、志穂の唇と重なる。あれほど鋭い目で見下ろしておきながら、その口づけは蕩《とろ》けそうなほど優しくて甘い。

——なにを、考えているの？

ふとした瞬間に見せる苛立った瞳。意地悪なくせに優しい口づけ。穏やかな微笑みと、意地悪な顔——どれが本当の凌なのか、志穂にはまったくわからなかった。

志穂は無意識に手を持ち上げ、口づけを重ねる凌の頬に触れた。途端、彼の体がぴくりと強張《こわば》る。ゆっくりと唇が離れ、志穂は間近にある凌の瞳を覗《のぞ》き込んだ。その瞳の奥に彼の考えを知る手がかりを見付けようとしたのかもしれない。

凌も真っ直ぐに志穂を見つめ返している。そうやって数秒間、お互いの瞳を見つめ合った。先に目をそらしたのは凌のほうだった。僅《わず》かに眉を寄せ、小さく舌打ちをする。けれどすぐにその顔には余裕の笑みが浮かんだ。

「そんな誘うような顔もできるようになったわけだ。変われば変わるもんだな」

「あ……っ、あ、ああっ」

ショーツの隙間から凌の指がするりと中に忍び込んできた。もうすっかり潤《うる》んでいる志穂の秘所を、彼の指がぬるりと滑る。それまでとは比較にならない強い刺激に、志穂は手足を突っ張り体を震わせた。

「服、邪魔だな」

凌は指先で志穂の花びらを弄《いじ》くりながら、器用に志穂の服を剥《は》ぎ取っていく。押しては引く快楽の波に翻弄《ほんろう》され、気が付いた時には下着も全て剥ぎ取られていた。

いつの間にか凌も素肌を晒《さら》していて、触れ合う素肌が温かく気持ちいい。もっとその体温を堪能したくて志穂は目を閉じた。けれど。

「志穂、目を開けてちゃんと俺を見ろよ。誰になにをされているのか、ちゃんと見てろ」

「や……っ、あ、あ、んん………っ！」

凌の指が志穂の中に埋まり、激しく動き回る。その度に湿った音が部屋に響いた。自分の中から聞こえるはしたない音に、羞恥心《しゅうちしん》が高まる。

「やぁ……そ、そんなに、しないで……おね――」

「まだ、やだとか言っている余裕があるんだ」

「……っぁあ！　んん……ん、ふ、ぁああっ」

凌は不満げな声を漏《も》らすと、志穂の両足を高く抱え上げ、熱く滾《たぎ》った彼自身を一気に突き立ててきた。

突然、最奥《さいおう》を抉《えぐ》られ、一瞬呼吸ができなくなる。じくじくとした痛みを感じたけれど、それをはるかに凌駕《りょうが》する強い快感が全身を突き抜ける。

それは、志穂の全ての感覚を真っ白に塗り潰《つぶ》した。

「ほら、今志穂の中にいるのは誰？」

最奥に自身を突き立てたまま、凌はきゅっと志穂の乳首を捻《ひね》る。それほど力が入っているわけでもないのに、その刺激は志穂の快楽をぐっと増幅させた。強請《ねだ》るように勝手に腰が揺れてしまうのを、止められない。

「志穂、誰?」

「せ、先輩」

「先輩じゃないだろう?」

「淩……さん」

「そう、俺だよ。ちゃんと体で覚えるんだ」

乳首を摘《つ》まんでいた指先がするりと肌を滑り、下腹部をなぞる。くすぐったさと、ぞくぞくとした感覚が同時に志穂の体を震わせ、思わず鼻にかかった甘い声が漏れた。

「誰がお前をそんなふうに変えたのかは知らないけど……でも、今お前を啼《な》かせているのは、俺だからな」

奥に突き立てられた淩自身が引き抜かれ、再び一気に一番深い場所を抉る。何度も何度も激しく突き上げられ、志穂は震える指先でシーツを握りしめた。

「や……っ、そ、そんなに……ぁ、ぁあ!」

「ん……っく……ぅう……っ、んっ……はぁ……」

体の奥を掻《か》き混ぜられる感覚は、この上なく甘美でありながら切なく苦しい。

どんどん大きくなっていく快楽の波が怖くて、志穂はぎゅっと目を閉じた。唇を噛みしめ、息を詰めて体を強張《こわば》らせる。

すると、唐突に激し過ぎる抽送《ちゅうそう》がやみ、志穂は涙で濡れた目を開いた。

しなやかな指先がぼんやりとした視界に映り、志穂の頬を濡らす涙をそっと拭《ぬぐ》う。

「苦しいのか？　それとも……嫌なのか？」

ゆっくりと視線を巡《めぐ》らせた先には、やはり怒っているような、それでいてどこか不安げな表情をした凌の顔があった。

「嫌か？」

ぎゅっと眉根を寄せて見下ろしてくる凌の瞳を見つめ返しながら、志穂は無意識に首を横に振っていた。

確かに怖いくらいに苦しくて、どうにかなってしまうんじゃないかと思った。けれど、嫌ではない。恥ずかしいとか、どうしようとかは思っても、何故だか嫌だとは思わなかった。

――だって、私はあなたを誘惑したいんだもの……だから。

「嫌なはずが、ないわ」

――トラウマを乗り越えるために、必要なんだもの。

そう、それだけ。それだけのはず……なのに。

「ならいい」

そう言って微笑んだ凌の顔があまりにも優しく、あまりにも温かく、胸の奥がきゅっと切ない音を立てた。不覚にもその顔に見とれてしまう。

「嫌じゃないんなら、力抜け。我慢するな」

「え？　や、や……っ」

ぐるんと体を返され、うつ伏せにされる。そのままお尻を高く持ち上げられた。

動物のような格好が恥ずかしく、志穂は抗議の声を上げようと口を開いたが――

「ちょ……ま、って……んんっ、あ、んん、ふぁあっ！」

背後から一気に貫かれ、抗議の言葉ではなく甘い声が口を衝《つ》いて出た。

「だから、待てない。志穂は何度同じことを言わせたら気が済むんだ？　そういう抜けたところはあまり変わってないんだな」

愉悦《ゆえつ》を含んだ声が耳朶《じだ》を掠《かす》める。うつ伏せにされているせいで、凌がどんな顔をしているのかはわからない。けれど、志穂にはなんとなく想像がついた。きっと、この上なく意地悪な顔で微笑んでいるのだろう。

――十年前のあの頃みたいに。

いつも志穂をからかう時に見せていた彼の笑顔を思い出し、志穂の胸がちくんと痛んだ。それはまるで、十年前に感じていた胸の痛みとそっくりで、志穂は内心で慌てふためいた。

――こんな胸の痛み、気のせいよ。気のせい！　単なる感傷にすぎないわ！

そう思って、志穂は必死に胸の痛みをなかったことにしようとした。だが、幸か不幸か、そんな胸の痛みなど、すぐに志穂の頭から吹き飛んでしまう。

そのトラウマの元凶によって。

「……っ！　あっ、あ、あ、ぁあっ、…………っ！」

角度を変え、激しく腰を打ち付けられる。さっきとは違った場所を擦《こす》り上げられ、志穂の体から力が抜けた。

けれど後ろからしっかり凌が腰を支えているので、崩れ落ちることもできない。

なによりお尻を高く突き上げるこの格好は、ひどく恥ずかしかった。しかもこの姿勢では、自分がどんなふうに彼を咥《くわ》え込んでいるか、凌の目にはっきりと見えているに違いない。

そう思った途端、志穂の中を貫く凌の存在を一層強く感じてしまい、羞恥心《しゅうちしん》が高まる。

「そんなに締め付けるな……っ。感じてるのか？」

「わ、わからない……っ、そんなの……ん、んんっ」

口ではそう言ったが、体は嘘をつかない。羞恥心でさえ、快感を高めるスパイスとして、志穂の体を熱く燃え立たせるのだ。凌によってドロドロに溶かされ、心も体も浸食されていく。

「わからない？　嘘つきだな、志穂は。女は素直なほうが可愛げがあるんだよ」

そう言って、凌は背後から志穂に覆い被さってきた。そして腰を支えていた手をするりと志穂の下腹部に滑らせ、自身を深々と突き立てている場所に這《は》わせる。

「ほら、志穂のここ……こんなに濡れて俺のを呑み込んでる」

「や……っ、ん……ふ」

耳元で吐息まじりに囁《ささや》かれるいやらしい言葉に、これ以上熱くなりようがないと思っていた頬が、かあっと火照《ほて》る。

「素直に言えばいいだろう？　気持ちいいって。……我慢なんかやめて」

「あぁ……！　ん、んんぁあ……！」

凌の指先が敏感になっている花芯をそっとなぞった。触れるか触れないかの軽い刺激なのに、電撃に打たれたかのように、志穂は背中を仰《の》け反《ぞ》らせてびくびくと体を戦慄《わなな》かせた。

「どうなの？　どうして欲しい？」

「……あっ……あっ」

たっぷりと蜜を纏《まと》った凌の指先が花芯を転がし、志穂の体は容赦なく追いつめられていく。

「あ……ああっ！」

しかし、ぶるっと腰の奥が震え快感が爆発する寸前、凌の指先はぴたりとその動きを止めてしまった。強烈な快感から解放されたとはいえ、志穂の体は達することができず痛いくらいに疼《うず》き、どうしようもなく震える。

「ダメだよ、志穂。ちゃんとどうして欲しいのか言わないと。じゃないと……ここでやめるよ？」

鼓膜を震わせる意地悪な悪魔の囁きは、この状況を愉《たの》しんでいるようでもあり、志穂の気持ちを試しているようでもある。

きっと、志穂がもうやめてと言えば、凌は本当にやめる気がした。いや、きっとやめるに違いない。だから、引き返すなら今だと志穂もわかっていた。

頭ではわかっているのに。

「……っ、……て」

「なに？」

「して……欲しいの、凌さんが……欲しい、の……だから、お、お願い。もっと……」

自分の口から発せられる恥ずかし過ぎる言葉に、頭の中が沸騰しそうになる。でも、どうしてもここで終わりにしたくなかった。

体を苛《さいな》む疼《うず》きに我慢できなくなった、というのも確かにある。でも……それだけではない。単純に凌に抱かれたいと思っている自分がいた。

「そう……俺が欲しいの？」

「凌さんが、欲しい……の」

「わかったよ。志穂、いい子だね」

「……ん！　は……ぁああ！」

満足げな声が鼓膜を震わせたのと同時に、それまで止まっていた凌の滾《たぎ》りが再び志穂の体を深く貫いた。

途端、火がついたように、体の奥から熱が込み上げる。

「あ……っ！　あ、ぁあっ、ああっ」

その熱で視界が眩《くら》み、意識が朦朧《もうろう》とする。なのに、凌と繋《つな》がっている場所だけは、鋭敏に彼を感じてしまう。

呼吸が切迫し、腰ががくがくと震えた。気を抜けばどこかに吹き飛ばされてしまいそうな気がして、志穂は無意識に奥歯を噛みしめる。

容赦なく与えられる快楽に絡《から》め取られ、自分が自分でいられなくなってしまう——そんな恐怖が志穂を苛んだ。

「……わい、こ、怖い……の。だ、だから……もぉ……」

――許して。

そんな弱音を口にしようとした志穂の唇は、凌の唇によって塞《ふさ》がれた。背中から覆い被さられていたはずが、いつの間にか正面から抱きしめられている。

全身、凌の体温に包まれ、舌を絡めながら深く口づけ合った。体の奥に彼自身を埋め込まれ――どこもかしこも凌でいっぱいにされる。

凌の舌が柔らかく志穂の舌に絡まり、口内を撫でていく。深いけれど優しい口づけに、さっきまで感じていた恐怖心がゆるゆると小さくなっていった。

ちゅっと音を立てて唇が離れると、ふたりの間を透明な糸が伝う。どちらともわからない唾液で濡れた唇を、凌はふっと持ち上げた。

「……まだ、怖いか？」

どこか寂しげな気配を含んだ笑みに、志穂は考えるよりも先に首を横に振っていた。

「俺が、怖かった？」

「ち、違います。そうじゃなくて……あの」

その先はもごもごと口ごもってしまった。さすがに、与えられる快楽が強過ぎて、どうにかなりそうで怖かった……とは言えない。

答えられずにうろうろと目を泳がせていると、頭上からふっと笑う気配がした。

「どうやらそれは嘘じゃないみたいだね。……感情が顔に出やすいの、変わってないな」

「えっ？　あ……っ！　ん、んん……っ、…………っぁあ！」

その言葉に咄嗟《とっさ》に両手で顔を隠したが、どの辺りに感情が出てしまっているのかなんて考える時間は与えられなかった。正面から深々と突き上げられ、目の奥に火花が散る。

「や……や、あ……っ、そ、そんなに……んっ、ダ、ダメ……」

口ではそう言うものの、突き上げられる度に背骨に沿ってぞくぞくと這《は》い上がってくる感覚は、言葉にできないほど甘美で濃厚だ。

……心も体もあっという間に蕩《とろ》けてしまう。

真正面から顔を見られたら、言葉とは正反対のことを望んでいるとすぐに凌に知られてしまいそうで、志穂は真っ赤に火照《ほて》った顔を両手で隠し続けた。

もっと、もっとと、望んでしまっていることを、凌に知られたくなくて。

「ん……っ、んん、んぅ……！」

揺すられる度、恐ろしいほどの快楽の波が志穂を襲う。一瞬でも気を抜いたらどこかに吹き飛ばされるどころか、自分がばらばらになってしまいそうで、志穂はきつく唇を噛みしめた。

「志穂」

凌が腰の動きを緩《ゆる》め、志穂の耳に唇を寄せた。あちこち敏感になっている志穂は、微かに耳朶《じだ》を掠《かす》める吐息にさえも、背筋が勝手に仰《の》け反《ぞ》ってしまう。

「気持ちいいんだろ？　我慢するなよ」

「ち、ちが……うの」

志穂は顔を隠したまま、上ずった声で答えた。理性なんて既に吹き飛ぶ寸前だが、それでも凌相手にそんな恥ずかしい本音を口にできるはずがない。志穂にだって、一応意地ってものがあるのだから。

「顔を隠したって無駄だよ？　赤いのは顔だけじゃないんだから。それにほら、すごい音」

「……っい、言わない……で」

凌が志穂の中を、わざと音を立てて掻《か》き混ぜる。くちゅくちゅといやらしい水音が響き、志穂はいやいやと首を横に振った。けれど、凌は更に志穂を追いつめる。

「それに、これはわかってやってるのか？　……っ、そんなに締め付けられたら、こっちも我慢できなくなる……」

それまでの余裕に満ちた調子とは少しだけ違う、苦しさを滲《にじ》ませた彼の声に、志穂は顔を覆っていた指の間からちらりと凌を窺《うかが》い見た。彼のどこか切迫した表情に、志穂は顔を隠すのも忘れて目を見開く。

真っ直ぐにふたりの視線が混じり合い、凌は苦しげにふっと口の端《はし》っこを持ち上げて笑った。

「なんだよ、そんな驚いた顔して。お前がよ過ぎるから、こっちまで余裕がなくなったんだろうが」

「……先輩、気持ち、いいの？」

思わず出てしまった呟《つぶや》きに、凌はぷいと顔をそらした。

「お前は余計なこと考えなくていいんだよ。今は俺のことだけ考えてろ」

「…………っ。ふ、ァあああ！」

腰が浮き上がるほど両足を高く抱え上げられ、これまでのは遊びだったのかと思うほどの勢いで腰を打ち付けられる。がくがくと揺すられ痛みさえ感じるというのに、それをあっさりと快楽が上回っていった。

理性は完全に崩れ去り、全ての感覚が淩から与えられる快楽に支配されていく。

「……あ……ぁあ、…………っ」

どこかへ吹き飛ばされてしまう感覚に、声も出せず目の前の淩にしがみついた。助けを求めて無我夢中で淩の背中に爪を立てる。けれど、自分の体の一番深い場所からせり上がってくる大きな波には、抗《あらが》いようもなかった。

「もぉ……っ、ダ……ぁあ！　………………っ！」

体の奥で、熱い疼《うず》きが爆《は》ぜる感覚だった。膨《ふく》らみきった快楽に、志穂の全ては呑み込まれた。ぶわっと全身が粟立《あわだ》ち、目の前どころか意識ごと真っ白に塗り潰《つぶ》される。

声にならない声を上げ、志穂はびくびくと激しく体を痙攣《けいれん》させた。これ以上ないほどの快楽を与え続けられ、本当にどうにかなってしまいそうだ。朦朧《もうろう》としながら志穂は必死に首を横に振るが、淩の動きは止まるどころか一層激しさを増していく。

濡れた音を響かせて淩が志穂の中を抉《えぐ》る度、凶暴と言ってもいいくらいの熱い疼きが再び襲ってきて、なにもかもがぐちゃぐちゃに溶かされていくようだ。

「志穂」

耳元で、優しげな、それでいて苦しげな淩の声が何度も自分の名を呼ぶのが聞こえた気がした。

だが、それさえも志穂にはもうよくわからない。

「……あ……っ、ま、また…………ヘンに…………んふ……っぁあ！」

再びなにもかもを真っ白に塗り潰す激しい波が襲ってきて、志穂は全身を硬直させてがくがくと震えた。もう意識を保つのも限界で——志穂は凌が自分の中で弾けるのを感じながら、ぷつんと全ての感覚を手放したのだった。


——あったかいなあ。なんだかすごく、ほっとする……

志穂はいつも抱きしめて眠っているクマの抱き枕を引き寄せた……つもりだった。

けれどそれは、柔らかなぬいぐるみの質感とはまったく別物で、それどころか無機物にはあり得ない温《ぬく》もりを持っていた。

寝ぼけた頭で「あれ？」と、呑気《のんき》に数秒考えた後、志穂の意識はそれはもう急速に現実に引き戻される。そして裸の凌に抱きしめられている裸の自分を、やっと認識した。

——そうだわ、私、この人と……っ！

自分の置かれた状況を思い出した途端、志穂の心臓はどくどくと早鐘を打ちはじめる。自分から望んだはずなのに、この状況をどう受け止めていいのかわからなくなっていた。酔いが醒めたことで冷静になり、パニックに陥《おちい》ってしまったのかもしれない。

すっぽりと志穂を囲い込んでいる凌を、ちらりと窺《うかが》い見た。まだ眠っている。そのことにほっとしつつ、どうにか彼が目を覚ます前にここから逃げ出せないかと考える。

勿論、そんなことをすれば、当初の「誘惑する」という目的は果たせなくなるのだが……それよりも、一刻も早くこの場から逃げ出したい気持ちのほうが勝っていた。

そうっと凌の腕を持ち上げ、体をずらしてじりじりと彼から離れる。

どうかこのまま、目を覚ましませんように……と祈って。けれど――

「目が覚めたのか、志穂」

頭上から降ってきたその声に、志穂の体は大げさなほどにびくんと跳ね上がった。おそるおそる見上げた先で、凌が眠そうな瞳で志穂を見下ろしていた。

「あ……の、は、はい。今目が覚めて……」

ついさっきまで凌にされていた『あんなこと』や『こんなこと』が、感覚を伴《ともな》って体の隅々《すみずみ》に蘇《よみがえ》り、火が付いたように頬が熱くなる。赤くなった顔を見られたくなくて、志穂はシーツを体に巻き付けてさっと起き上がった。

「き、着替えます。……つきゃ」

「おい……っ！」

けれど、ベッドから降りて立ち上がった途端、かくんと膝から力が抜けてしまったのだ。無様に転んでしまう――と覚悟したものの、予想に反して志穂の体はベッドに引き戻されていた。

「……大丈夫か？」

耳元で低い声が囁《ささや》く。前のめりに傾《かし》いでいた志穂の体は、凌の長い腕に後ろから引き寄せられ、しっかりと包み込まれていた。

体に巻き付けていたシーツが外れ、むき出しになった背中が凌の裸の胸に密着しているのを感じる。しかも、体に回された凌の手が、露《あら》わになった志穂の胸に触れていて……

「ひゃ、ひゃぁあっ」

情けない声を上げ、志穂は身をよじって凌の腕から抜け出した。焦って両腕で胸を覆いベッドの上で身を縮《ちぢ》める。

さっきまで散々体に触れられ、それ以上のことまでしていたというのに、恥ずかしくてたまらなかった。

――な、情けない。きっと変な女だって呆れられるわ。自分から誘っておきながら今更純情な振りしてとか思われる？　それとも、経験が少ないのがバレてバカにされる？

悪いことばかりが浮かんできて、志穂は勝手にどんどん落ち込んでいく。どんな言い訳をしても、凌にみっともないところを晒《さら》してしまいそうで、その場から動けなくなってしまった。

――どうしよう。やだ、どうしていいのかわからなくなっちゃった……

情けなさにぎゅっと唇を噛んだ時、ふわりとシーツが体に掛けられた。更に凌の長い腕に、シーツごとすっぽり体を包み込まれる。

「……え？」

「まあ……なんだ。取って喰おうとは思ってないから、そんなに怖がるな」

ぽん、とシーツ越しに凌の大きな手が志穂の頭に触れ、二度三度と優しく撫でられた。

「でも、志穂がどうしてもって言うなら、今すぐそのシーツ引きはがすけど……どうする？」

頭に手を置いたまま、凌は背後から覆い被さるようにして志穂の肩に顎《あご》をのせてくる。頬が触れ合うほど至近距離にある凌の顔は、悪戯《いたずら》な笑みを浮かべていた。

「けっ、結構です！」

ぶんと首を振ると、彼は「遠慮するなって」と笑いながらそっと志穂から離れた。おかしそうに笑っている凌を見ていると、先程までぐるぐる悩んで落ち込んでいた気持ちが、嘘のように軽くなっていく。そうして、いつしか志穂の顔にも自然と笑みが浮かんでいた。

「もっとって言うんなら、ご要望に全力でお応えするけど？」

凌はごろんとうつ伏せに寝転がって、志穂を見上げてくる。

「もう、からかわないでください」

志穂はクスクス笑いながら、寝転がる凌の肩をぽんと叩いた。それはもう、志穂自身がびっくりしてしまうほど、自然に。まるで十年という月日を飛び越えて、あの頃に戻ったかのようだった。

けれど。

「……いや、本当に」

じっと上目遣いで見つめてくる凌の表情が、たちまち艶《つや》っぽさを増して……志穂は笑顔のまま固まってしまった。

「志穂？」

うっかりすると引き込まれそうな、半端ない引力を持つ凌の瞳から、志穂は体ごと捻《ひね》って逃れる。心臓がばくばくと激しく鼓動し、全身からどっと汗が噴き出してきた。

「あ、ああっ、もうこんな時間っ。先ぱ……凌さんも、明日仕事ですよね。き、着替えてそろそろ帰らないといけないんじゃないですか？」

ぽんと手を打ち、志穂は早口でそうまくし立てた。そして、凌の返事も聞かずにそそくさと衣服を拾い上げて身に付けていく。本当はシャワーを浴びたかったが、そんなことをしていたら、色気がダダ漏《も》れの凌に流されて、もう一度……なんてことになりそうでできない。

——なっ、なんなのよー！　どうして男のくせにあんな色気のある顔ができるのよっ。女の私の立場がないじゃないっ！

心の中で文句を言いながら、その一方で、どうしてあんな目で私を見つめるんだろうかと考える。私が誘いに乗ったらどうするつもりだったんだろうか……と。でも、それを確かめる勇気はない。

「……なんだ、残念」

そう呟《つぶや》いた凌の声は軽い調子で。ああやっぱりからかわれていただけなんだと安堵した。その一方で、ほんの少しだけがっかりした——なんてことは、一瞬の気の迷いで、勘違いで、志穂の思い過ごしに違いない。そう、きっと、絶対に！

3　手探りで駆け引き

「ありがとうございました」

入り口で常連の女性客を見送った志穂は、ふうっと息をついて店内へ戻った。

午前中の指名客はこれで最後だった。次の指名まではまだ時間があるので、その間に昼食を取ることにする。

「お昼入ります」

そう声をかけると、志穂は休憩室に向かった。

休憩室にある自分のロッカーから、コンビニの袋を取り出す。それを持って椅子に座ると、志穂はサンドイッチの袋を開けてそれに齧《かじ》り付いた。そして無意識に深々とため息をつく。

——先輩を誘惑するつもりだったのに。結局私、一方的に翻弄《ほんろう》されただけな気がする。

昨夜のことを思い出し、志穂はつい小さく呻《うめ》いていた。

情けないやら恥ずかしいやらで消えてしまいたくなる。できることなら昨夜のことは記憶から消去してしまいたいのに、朝から何度思い出したかわからない。

やがて体中に生々しく凌の感触が蘇《よみがえ》ってきて、志穂はそれから逃れるように慌てて立ち上がった。そしてバッグの中から一枚の名刺を取り出す。

それは昨夜、自宅までタクシーで送ってくれた凌が、「なんかあったら連絡して」と渡してきたものだ。けれど、何故か彼は、志穂の連絡先については最後まで聞いてこなかった。

——私が連絡しなかったら、とんでもない偶然が再びない限り、もう会うことはないってことだよね？

「……こんなもの渡して。女がみんな連絡してくるとでも思ってるのかしら。自信過剰だわ」

名刺を見つめながら、志穂はぽつりと呟《つぶや》いた。

「私が連絡してくるって思ってるのよね、きっと。……なんか、すっごく癪《しゃく》」

だったらこんな名刺はゴミ箱に捨て、連絡なんかしなければいいだけのこと。

それは、志穂もよくわかっている。わかっているのだが――

「でも、このままなんて、もっと癪だわ」

そう思う気持ちのほうがはるかに強かった。相手を誘惑できたかどうかも怪しいのに、あんなふうに翻弄されたままなんてあり得ない。どうにかして、巻き返す方法を考えなくては。

残念ながら、その方法はまだ思いつかないが。

「あれ、志穂さんもお昼入ってたんですねぇ」

そう言って休憩室に入ってきたのはアリサだ。

「志穂さんとお昼を一緒できるなんて久しぶりで嬉しい」

彼女もロッカーからコンビニの袋を取り出すと、志穂の前の席に座った。そして、志穂が手に持ったサンドイッチに気付いて驚いた顔をする。

「志穂さんがコンビニのサンドイッチなんて珍しいですね。いつも手作りのお弁当なのに」

彼女の言葉にどきっとして、志穂は危うくサンドイッチを落としそうになった。

「あ、あの、実は今日寝坊しちゃって……」

と誤魔化す。昨日家に帰った志穂は、泥のように疲れた体を励《はげ》ましてやっとのことでシャワーを浴び、髪も乾かさず布団に倒れ込んだ。今朝は、なんとかいつもの時間に起きることができたが、どうにも体が重たくてお弁当を作る気になれなかったのだ。

「へぇ……寝坊したんですかあ」

意味深な響きを持たせて、アリサがにやにやと志穂を見つめてくる。

「な、なあに？　アリサちゃん」

「昨日、お店にきていたイケメンさん、閉店後に志穂さんのこと迎えにきてましたよね。寝坊しちゃうくらい、昨夜はふたりでなにしていたんですかあ？」

そんなアリサの言葉に、志穂は盛大にむせてしまった。みるみる頬が熱くなったのは、むせて苦しかったからだ。断じて、昨夜の出来事を思い出してしまったからではない。

「べ、別にそんなんじゃないわよ。や、やだなぁ」

そうは言ったものの、志穂の声は不自然にひっくり返ってしまう。志穂は作り笑いでその場を切り抜けようとしたが、アリサは意味ありげに笑みを深めた。

「いやあ、志穂さんに男の影なんて何年ぶりですか？　っていうか、アリサ的には初めてな気がします」

「そ、そんなことは……」

あるだろう。彼氏なんて就職してすぐに付き合った人が最後だ。

「志穂さんって、意外と対男性スキル低いですもんね。仕事人間だし。で、で、今度のあのイケメンさんとは、付き合うことになりそうなんですか？」

アリサは瞳をきらきらさせながら、昼食そっちのけでテーブルから身を乗り出してくる。

「困ったことがあったらアリサに相談してくださいね。恋愛経験は多いですから！」

確かにアリサのほうが恋愛経験は多いに違いない。彼女がここに就職してから、何人も違う男性が迎えにきていたのを志穂も知っている。

――どうせ、ひとりで考えてたってなにも思いつかないなら……

この際、年下のアリサに相談なんて恥ずかしいとか言っている場合ではない気がする。テーブルの下でぐっと拳《こぶし》を握りしめ、志穂は重たい口を開いた。

「ね、ねえ……アリサちゃん。あの、男の人に、ひとあ……す、好きになってもらうには、どうしたらいいと思う？」

つい「一泡吹《ひとあわふ》かせるにはどうしたらいい」と言いそうになったのを、慌てて言い換える。相談するにしても、さすがに凌との過去まで話す気にはなれない。

「彼の連絡先は名刺をもらったからわかるんだけど、こっちの連絡先は一切聞かれなかったのよね……これって、どういうことかしら？」

考えたくないが、彼は志穂にあまり興味を持たなかったということだろうか。そうなると、恋愛経験の乏《とぼ》しい自分では巻き返しが難しい。

「……へえ、それはなかなか面白いですね」

志穂の不安とは裏腹に、アリサはにやっと笑った。

「志穂さん、それ、試されてるんですよ」

「試されて……？　え？」

「ちゃんと志穂さんから自分に連絡してくるか試してるんですよ。つまり、志穂さんの気持ちがどれだけのものか測ってるんです。あのイケメンさん、なかなかの策士ですねえ」

「……へえ。なるほど」

――そうか、私試されてたの。つまり、本気で誘惑するつもりなら、そっちから連絡してこいよってことね。なんか余裕綽々《よゆうしゃくしゃく》な感じがすごく腹立たしいわ。そっちがその気なら、やってやろうじゃない。

「昨日は誘ってもらったから、今度は私が……って思うんだけど、なにをしたらいいと思う？」

怒りで顔が歪《ゆが》みそうになるのをこらえつつ、無難な言葉を選んで問いかけると、アリサは腕を組んで首を傾《かし》げる。

「そうですねえ……なにがいいかな」

そう言いながら志穂が手にしたままのサンドイッチに視線を向け、そして、ぽんと手を叩く。

「志穂さん料理が得意じゃないですか！　ここは心を掴《つか》む前に、まず胃袋を掴むっていう手はどうでしょう？　古典的ですが、効果的だと思いますよ」

「なるほど……じゃあ、少し日を置いて連絡してみようかしら」

志穂としては、昨日の今日だから、数日空《あ》けたほうがいいのではないかと思ったのだが――

「いけませんっ」

「え、ええ!?」

いきなりアリサが大きな声を出してきて、志穂はビクッと背を伸ばす。

「志穂さん、そんな悠長なこと言っている場合じゃないですよ。すぐにでも連絡すべきです。日を置かずに連絡して、こっちが本気だってことを相手にアピールすべきです。駆け引きよりも本気度アピールが重要ですよ！」

「そ、そうかしら」

「そうです！」

更に身を乗り出し、力強く断言するアリサに志穂は気圧《けお》されてしまう。

「すぐに電話をして、今夜志穂さんの手料理をごちそうしたらいいじゃないですか。日を空けずに連絡したことで彼の優越感をくすぐりつつ、美味《おい》しい手料理で胃袋をがっちり掴むのです！」

アリサの言っていることが本当に正しいのかどうかは不明だが、かなりの説得力があったのは確かだ。そうだ。このままうじうじ考えていたって、凌をぎゃふんと言わせることなどできるはずもない。

――動かなくちゃなにも変わらない……！

「ありがとう、アリサちゃん。頑張ってみるわ」

「そうですよ、志穂さん。その意気です！」

「ええ。絶対に彼をぎゃふんと言わせてやるんだから」

「……ぎゃふん？」

「よし、午後からも頑張ろうっと」

勢いでなんだか余計なことを口走ってしまった気もするが、志穂は残りのサンドイッチを平らげ、颯爽《さっそう》と店に戻っていった。


駅から徒歩五分ほどの好立地。築年数の浅いお洒落《しゃれ》なマンションを、志穂は口を開けて見上げた。

「……あの、ここですか？」

口を衝《つ》いて出た言葉に、前を歩いていた凌は「そうだけど」と振り返ってうなずく。

あれから志穂は凌に連絡を取り、今日会えないかと伝えた。そして、志穂の申し出を了承した凌が店まで迎えにきてくれて……連れてこられたのがこのマンションだった。

――この好立地でこの物件って、相当お高いんじゃないの……もしかして先輩、高給取り？

「家賃はそれほど高くないよ。あと年収、教えたほうがいい？」

考えていたことに答えが返ってきて、志穂は零《こぼ》れ落ちそうなほど目を見開いた。そんな志穂の顔を見て、凌はぶっと噴き出す。

「考えてること全部口から出てたけど？　お前、その癖、ぜんっぜん変わってないんだな」

「な……っ、私、そんな癖あるんですか？」

初めて聞かされた自分の癖に、志穂は真っ赤になって片手で口元を覆った。志穂の反応に、凌はまたしても、ぶっと噴き出す。

「気が付いてなかったんだ。いつも部活が終わる頃になると、ドーナツ買って帰ろうとか、今日の夕食なにかなとか、アイス食べたいとか、ぶつぶつ言ってたぞ」

「ぜ、全部食べ物の話……」

「お前、あの頃、食べ物のことしか考えてなかったんじゃないの？　よく幸せそうにお菓子食べてたもんな」

凌はおかしそうに笑って、「こっち」と促《うなが》してくる。志穂は恥ずかしくて俯《うつむ》きながら、彼の背中について行った。

――でも、食べ物のことばかりで、ある意味よかった。

前を歩く凌の背中をちらりと見上げつつ、志穂はほっと息をつく。あの頃、一番考えていたのは食べ物のことなんかじゃない。間違いなく凌のことだ。毎日毎日、暇さえあれば凌のことを考えていた。

無意識に「先輩が好きだ」とか言っていなくて本当によかった。というか、この機会に自分の変な癖をなんとしても改めなければ、と志穂は真剣に思う。

ついうっかり、「絶対に私を好きにさせてやる」「そのうちぎゃふんと言わせてやる」「今度は私がトラウマを植え付けてやる」なんて本音をぽろっと漏《も》らしたら、全部台無しだ。

――先輩とあんなことまでして、今更引き返せないんだから。あんなこと……あんな。

昨夜の記憶が一瞬で志穂の思考を乗っ取り、せっかく赤みの引いてきていた頬は、再び火を噴いたようにぼっと赤くなった。

――っ、お、思い出すなっ！

一気に頭を占めた記憶を追い出そうと、志穂はぶんぶんと首を振る。「志穂」と間近で声が響き、ハッとして視線を上げると、息がかかりそうなほど近くに凌の顔があった。志穂は焦って数歩後ずさる。

「な、なんですか？」

思わず身構える志穂に、凌はくすっと笑みを零《こぼ》した。

「俺の部屋、ここだよ。っていうか、なんでそんなに身構えてるの？　部屋にきたいって言ったの志穂だろ？　それに……」

ふわりと凌が志穂との距離を詰め、耳元に唇を寄せた。

「こんな人通りのある場所で襲ったりしないから安心しろよ。やるとしたら、部屋の中だ」

ぞくりと鼓膜をくすぐる低い声に、妖《あや》しく光る瞳。

急な接近と挑発的な言葉に、志穂はその場で固まってしまった。

「って、冗談だよ。真に受けんなって」

凌はさもおかしそうに笑い、志穂から離れて部屋の鍵を開ける。

――く、悔しい……！

今の言葉を華麗にスルーできれば、格好よかったのに……と、志穂は歯がみした。しかも、思えば今日は凌に笑われてばかりだ。笑われにきたわけではないのだから、もっと気を引き締めないと、志穂は自分を戒《いまし》めた。

「どうぞ」

促《うなが》され、志穂は決意も新たに部屋の中に入る。

「お邪魔します」

案内された凌の部屋は、余計な家具がなくすっきりと片付いていた……というか、あまり生活感がない。物が少なくて、志穂の部屋よりもずっと広く見える。キッチンは対面式で、すごくお洒落《しゃれ》な造りだ。

「もっと散らかっているのかと思いました」

そう言ってから、志穂はふと、誰か片付けてくれる人がいるのかもしれないと思った。凌ならば、彼女の一人や二人や三人、いてもおかしくなさそうだ。

「家って言ったって、帰ってきて寝るだけだからね。散らかりようもないよ」

「そうなんですか……」

「もしかして、志穂さ」

そう言いながら凌は、ずんずんと大股で近付いてくる。うっすらと微笑んでいるその顔に何故か気圧《けお》されて、志穂は無意識に後ずさってしまう。

けれどすぐに背中が壁にぶつかり、これ以上下《さ》がれなくなってしまった。

「もしかして、だけど」

目の前まで迫ってきた凌は、囲い込むように両手を志穂の横に付く。生まれて初めて壁ドンされて、志穂は口をぱくぱくさせることしかできない。

「この部屋にきている女がいるとでも思った？　もしそうだったら……志穂はがっかりする？」

「そ、そんなわけないじゃないですかーっ！」

考えるよりも先に、志穂は両手で凌を思い切り突き飛ばした。凌は一瞬驚いた顔をしたが、直後お腹を抱えて盛大に笑い出す。

「冗談だって。そんなに焦るなよ。昨日は帰りたくないとかって、俺を誘惑したくせに……くくっ。お前って、変な奴だな」

「なんとでも！　せん……凌さんこそ、性格歪《ゆが》んでるの相変わらずなんですね！」

あまりの悔しさに、志穂は口を尖《とが》らせて反論する。そうだ、思い返せば、凌はいつだって志穂をからかってはその反応を楽しんでいた。

――って、からかわれている場合じゃないでしょう、私！　これじゃあ、十年前と同じじゃないの。

志穂はハッとして、口を噤《つぐ》んだ。危うく凌のペースに巻き込まれ、昔の自分に戻ってしまうところだった。志穂は大きく息を吐き出した後、散々鏡に向かって練習してきた柔らかな笑みを浮かべる。

「あの、キッチンお借りしてもいいですか？」

何事もなかったように微笑む志穂に、それまでおかしそうにしていた凌は、笑いを引っ込めてため息をついた。

「どうぞ。そういえば、料理を作ってくれるんだっけ？　どういう風の吹き回し？」

志穂が腕まくりをして手を洗いはじめると、凌がスーパーの袋をキッチンに運んできてくれる。

ここにくる前にふたりでスーパーに寄って食材を買ってきたのだ。荷物はそれほど重くなかったが、「こういうのは男の仕事だから」と言って凌が運んでくれた。その袋を受け取りながら、志穂は笑みを浮かべる。

「どういう風の吹き回しって……昨日ごちそうになったお礼をしようと思っただけですよ。あ、ここって、お鍋とかありますか？」

「そこの棚の中。……ふうん、お礼ねえ」

凌はキッチンのそばの壁にもたれかかり、じっと志穂のすることを見ている。

「正直、こんなに早く連絡がくるなんて思わなかったから、驚いた」

「早く連絡しないと、連絡するタイミングをなくしてしまいそうで……」

ぽろっと本音が漏《も》れてしまい、志穂は慌てて口を閉じる。

アリサに背中を押してもらわなくても、数日のうちに連絡を取ろうと思っていた。きっと、日が空《あ》いてしまえばしまうほど、凌に連絡できなくなる気がしたから。まだ凌との繋《つな》がりを途切れさせるわけにはいかない。

――そう、この野望のために。

「もしかしたら、もう連絡こないかもって思ってたから……今日志穂から連絡があって嬉しかったよ」

壁にもたれかかったまま、凌が柔らかな笑みを浮かべる。その笑みに、不覚にも心臓がドキンと音を立てた。

「そ、そうですか。あ、私の連絡先も凌さんの携帯の履歴に残りましたよね？　登録しておいてくださいね」

——なにドキドキしてるの。イケメンスマイルに惑わされるな、私。

激しく自己主張を続ける心臓を無視して、志穂は買い物袋に視線を落とした。がさがさと買ってきた物を取り出していく。

「志穂の連絡先なら、もう登録した。……で？　今日はなにを作ってくれんの？　ていうか、お前、料理なんてできるの？」

凌はそんなことを言いながら、腕まくりをして志穂の隣に並ぶ。

「俺、なにか手伝ったほうがいい？　お湯沸かすくらいならできるけど」

「料理くらいできますよ！　というか、お湯くらい沸かせるって、普段ご飯はどうしてるんですか？」

「うーん、朝はコーヒーだけだし、昼は社食で夜は外食かコンビニ。だからキッチンは、ほとんど使ってない」

確かにキッチンには使用感がなく、シンクには使用済みのコーヒーカップがひとつあるだけだ。

志穂は急に不安になりぐるりと辺りを見渡した。ひとまず食器棚に食器があることを確認してほっとする。

「で、なにを作ってくれるの？」

凌は袋から取り出された食材を、興味深げに見つめている。

「たいした物ではないですが……肉じゃがと白和《しらあ》えとお味噌汁です」

「……ほんとに作れんの？」

「作れますよ。心配しないでください」

「うん、わかった」

凌はそう言うと、どこかから椅子を引っ張ってきて、キッチンのすぐそばに陣取った。そして、料理をはじめた志穂の姿を、じっと観察してくる。

その視線が気になったものの、そのうち飽きるだろうと高をくくって、志穂は手を動かした。けれど。

「あの……テレビ見るとか、好きなことしていていいんですよ？　料理なんて見ていても退屈じゃないですか？」

まったく飽きる様子がなく、志穂のほうが根負けしてしまう。

「いや、お構いなく。退屈じゃないし。お前、本当に料理できるんだな。手際よくてびっくりした」

「そうですか？　どうも」

凌からの褒《ほ》め言葉に、思わず口元が緩《ゆる》む。女性らしくなるためにはじめた料理だが、こうして彼に振る舞う日がくるなんて考えたこともなかった。

志穂は慣れた手つきで食材を切り、料理を作っていく。それを見ている凌から「へえ」とか「ほう」とか感嘆の声が漏《も》れる度に、なんだか照れくさくもあり誇らしくも感じた。

同時進行で三品を作りつつ、使った道具も一緒に片付けていく。洗い終えた道具をきちんと拭《ふ》いて元の場所に戻す頃には、いいにおいが部屋に漂《ただよ》いはじめていた。

「いいにおいだね」

結局ずっと志穂を見ていた凌は、そう言ってにっこりと笑う。

「今日は忙しくて、実は昼をまともに食べてなかったから――」

言葉の途中で、ぐうっと大きな音が聞こえる。ふたりは目を瞬《またた》かせながら互いを見た。

「……悪い。腹が鳴った」

「ふ……っ、ふふ。あはは……っ」

ばつの悪そうな顔で苦笑いする凌に、志穂は自然と声を出して笑っていた。ひとしきり笑い、浮かんだ涙を指先で拭《ぬぐ》った時、驚いた凌の瞳と視線が交わった。

「……あ、ご、ごめんなさい」

ハッとして、咄嗟《とっさ》に笑みを引っ込める。笑ったりして不快にさせてしまったかと思ったが、凌はなぜか嬉しそうに微笑んだ。

「なんか志穂がそうやって笑ってると、昔に戻った気分になるな」

「……っ」

凌の言葉に志穂はきゅっと下唇を噛んだ。

――同じこと、考えてた。

部活終わりに、よく「腹減った」とお腹をぐうぐういわせていた凌を思い出した志穂は、笑いながらなんだか昔に戻ったようだと考えていたのだ。

――でも、もうあの頃とは違うし、あの頃には戻れない。そうなったのは……先輩の一言のせいなんだから。

悲しいんだか悔しいんだかわからない気持ちが込み上げてきて、志穂の胸が鈍く痛む。凌と再会してから、何度こんな胸の痛みを感じたかしれない。

苦くて、苦しくて、懐かしい……

「あ……そろそろいいかしら」

そんな感傷を振り切るように、志穂はくつくつ音を立てる鍋を覗《のぞ》き込んだ。


志穂はできたての肉じゃがとワカメの味噌汁、白和《しらあ》えを器《うつわ》に盛って食卓に運んだ。そして凌と一緒にテーブルに着く。

「すごいな。ちゃんとした家庭料理って久しぶりだ」

凌はテーブルに並べられた料理を、きらきらした目で見つめている。「食ってもいい？」と身を乗り出す凌に、志穂は笑いながら「どうぞ」と言った。

礼儀正しくいただきますと手を合わせた凌は、早速料理に手を伸ばす。

黙々と食べる凌の姿を、志穂は息を呑んで見つめた。

「……美味《うま》い」

「本当ですか？」

「ああ、本当に」

凌はそれだけ言うと、どんどん箸《はし》を進めていく。夢中で食べるその姿に、志穂は心底ほっとした。

どうやら、アリサに言われた「胃袋を掴《つか》め」という言葉は実践できそうだ。だが、それだけではなく、ただ単純に「美味《おい》しい」と食べてもらえるのが嬉しかった。

「よかったです。まだたくさんあるんで、食べてくださいね」

「うん」

美味しそうに食べる凌を見ていると、自然と頬が緩《ゆる》んだ。そんな自分に気が付き、志穂は小さく首を振る。

——なにを満足しているのっ。あくまでこれは、目的達成のための通過点に過ぎないんだから。

そう自分に言い聞かせて、自分も夕食に箸《はし》を付けた。

「それにしても、お米もないだなんて、本当に一切料理をしてなかったんですね」

志穂はため息まじりにそう言った。

「そう、まったくね。基本外食ばっかりだから、家庭の味がありがたい。あ、味噌汁ってまだある？」

「ありますよ。よそってきます」

「悪い」

志穂は凌からお椀を受け取ると、立ち上がった。キッチンで味噌汁をよそいながら、今更ながら自分の判断に拍手を送る。

買い物に寄ったスーパーで、万が一のためにパックの白米を買ってきておいて正解だった。

——これだけ食材がないってことは、ここで料理する女性は本当にいないようね。よかった。

そう思って安堵すると共に、志穂がつけいる隙は多分にありそうだとほくそ笑む。

「よかったらまたなにか作りにきますんで、食べたいものがあったら言ってください」

志穂は味噌汁の入ったお椀を凌に差し出す。彼はそれを受け取りながら、じっと志穂を見つめてきた。志穂は、どぎまぎして思わず身を引いてしまう。

「なんですか？」

「どうして俺が、自分の連絡先だけ教えて、志穂の連絡先を聞かなかったかわかる？」

「え？　絶対私から連絡があるって自信があったからですよね？　俺に連絡してこない女はいない的な……っ！」

そこまで言って、志穂は慌てて手で口を覆う。突然質問されたことで、つい本音が出てしまった。おそるおそる凌を見ると、不機嫌そうに目を細めて志穂を見ている。

「……お前、俺のことをそういうふうに思っていたわけ？」

「い、いえ。そういうことじゃなくって、ほら、先輩って見るからにモテそうじゃないですか。だから」

あはは、と笑って誤魔化すが、凌は「わざとらしい」とため息をつく。自らの失言に、志穂は大いに焦った。せっかくいい感じだったのに、これっきりになりはしないかと、凌を窺《うかが》い見る。

「……まったく。先輩じゃないって言っただろ？」

「……え？」

腕組みをした凌は、呆れた顔をしつつも、微笑んでいた。

「先輩じゃなくて、凌。次に言ったらデコピンな」

「は、はい」

「うん、じゃあ、ご飯もおかわりある？」

「はい。持ってきます」

志穂は凌から空《から》になった茶碗を受け取った。キッチンから戻り、ほかほかと湯気《ゆげ》の立つ茶碗を差し出すと、凌はにっこりと微笑んでそれを受け取る。

「ありがとう」

「いえ」

再びぱくぱくと夕食を口に運び出す凌を見つめながら、志穂はすとんと席に着いた。

――もうちょっと発言に気を付けないと。自分で計画をぶっ壊しちゃダメでしょう。

そう自分に言い聞かせ、志穂も夕食を口に運んだ。

正直、緊張して、まったく味がわからなかったが、目の前の凌は何度も「美味《うま》い」を連発してくれているので、多分美味《おい》しいのだろう。

そんな彼を見つめる自分が、嬉しそうに微笑んでいることなど、余裕のない志穂は気付かなかった。

食事の間、凌は高校を卒業してからの、志穂の知らない時間の話をしてくれた。

大学時代も陸上を続けていたとか、就職してから激務と外食ばかりの食生活がたたって倒れたことがあるとか、この前の合コンは人数合わせで無理矢理連れて行かれた……なんて話を。

「でもまあ、今となってはあの合コンに行ってよかったと思ってるよ」

そう微笑む凌に、志穂の心臓はどきっと嫌な音を立てる。

「……もしかして、好みの女性がいた……とか？」

もしそうだったなら、もともと無謀な志穂の計画——凌を誘惑して自分を好きにさせるというもの——の、もともと低い成功率が限りなくゼロになってしまう。

しかも凌の好みならば、きっと女子力の相当高い人に違いない。そんな女性相手に、とてもじゃないが志穂が勝てるはずがないのだ。

だとしたら、新たなトラウマを増やす前に、さっさと身を引いたほうが賢明ではないだろうか。

そんなことをぐるぐると考えていると、くすっと凌が小さな笑い声を零《こぼ》した。

「あの合コンに参加してなきゃ、こうして志穂と再会することはなかっただろうからね。嫌々でも行ってよかったよ」

凌は極上の甘い笑みを浮かべて、志穂にそう言った。

さっきの「くすっ」で馬鹿にされているのかと一瞬むかっとした志穂は、その言葉に目を見開く。

——それって、先輩は私と再会できて嬉しいってこと？

胸の奥が急に騒がしくなってきた。

——再会を喜んでくれているなら……こっちにとっても願ったり叶ったりだわ。計画が順調に進むに越したことはないもの。

何事もないように平静を装って、志穂は凌の言葉の先を待った。彼は変わらず、甘くて柔らかな笑みを志穂に向けている。

「さっき、不摂生《ふせっせい》がたたって倒れたことがあるって言っただろ？」

「はい」

「ちゃんと自炊して食生活の改善をしないとってずっと思っていたんだ。このままじゃ、いつ生活習慣病になるかわかったもんじゃないからな」

「……はあ」

期待とズレた凌の言葉に力の抜けた返事をしながら、志穂は僅《わず》かに眉間にしわを寄せた。

「志穂に再会できて本当によかったよ。自炊をはじめようにも、なにをどうしていいのかさっぱりわからないし。だから志穂、俺に料理教えてくれよ」

——あ、そっちね。……一瞬でも勘違いしそうになった自分が恥ずかしいわ。

勘違いしそうになって耳が熱くなるのを感じつつ、それでもこの先会う理由ができてほっとする。

計画はまだまだこれからだ。

「いいですよ。でも私、スパルタですよ？」

「それくらいじゃないと俺、覚えられないから」

相変わらず笑みを向けてくる凌に、志穂もにっこりと微笑み返す。

「あ、食べ終わってますね。じゃあ私、片付けます」

「手伝うよ」

「本当ですか？　ありがとうございます」

にこやかな笑みを崩すことなく、志穂は立ち上がると食器を流しに運んだ。スポンジを泡立て食器を洗いながら、志穂はずっしりとした疲労感に苛《さいな》まれていた。

――なんだか、絶叫マシンにでも乗った気分だわ。

内心で大きなため息をつく。

まさに絶叫マシンのごとく、志穂の感情はこの短時間で何度急上昇と急降下を繰り返したことか。凌は意図的に志穂の気持ちを揺さぶっているのだろうか。それとも、志穂が勝手に彼の言葉を深読みして、浮き沈みしているだけなのだろうか。

恋愛経験の乏《とぼ》しい志穂には判断しかねる。

けれど、もし凌が意図的に志穂の気持ちを揺さぶっているのだとしたら、アリサの言う通り、彼はとんでもないサドで恐ろしいほどの策士に違いない。

ちょっとでも油断したら、ミイラ取りがミイラになりそうだ。

食器の泡を流しながら、志穂はそっとため息をついた。

オレンジ色の街灯が柔らかく照らす道を、ふたつの影が並んで歩く。通りを一本抜けた先には、人通りの多い明るい道が見えている。

「あの、ここまででいいですよ。駅はすぐそこですから」

「ああ、気にしないで。俺も散歩がてら少し歩きたいから。ご飯食べ過ぎたからね」

洗い物が済んだ後、志穂はすぐに凌の部屋を後にしたのだ。

引き止める凌に、明日も仕事が早いからと志穂は断った。けれど、本当は食事が済んですることがなくなると、前日の生々しい記憶が頭をよぎり、居心地が悪くなってしまったのだ。

アリサからも、「簡単に体を許しちゃダメですよ。そういうことするだけの相手にされかねませんからね」と、ありがたいアドバイスをもらっている。

——アリサちゃんの言葉がなくても、アルコールが入っていない状態で昨日みたいなこと……絶対に無理。

でもこの先、それを避けては通れないだろうと思うと頭が痛くなってくる。そんな状況で自分をコントロールする自信もない。

あんなに乱れた自分をまた見られてしまったら……と思うと顔が熱くなってきて、志穂は思わずその場に立ち止まってしまった。

「志穂？　どうかした？」

先を歩いていた凌が急に立ち止まった志穂に気付いて、顔を覗《のぞ》き込んでくる。

「な、なんでもないです」

まともに凌の顔を見ることができず、志穂は俯《うつむ》いたままぶんぶんと首を大きく振った。俯いた志穂の髪に、彼の吐息がかかる。

「なんでもない？　でもお前……」

凌の大きな手が、するりと頬を撫でてきた。そして、彼は志穂の顔を僅《わず》かに持ち上げる。覗き込んでくる彼の顔は、睫《まつげ》の数が数えられるんじゃないかと思うくらい近い。

「顔、真っ赤だぞ？　熱でもあるんじゃないのか？」

頬に添えられていた手が額に触れたところで、志穂は弾かれたように体を仰《の》け反《ぞ》らせた。

「なっ、なんでも、なんでもないです。本当です！　元気ですっ！」

後ずさって凌から距離を取り、早口でそうまくし立てる。みっともなく声が裏返ったが、そんなことを気にする余裕はなかった。

――昨日はもっと近い位置で見つめ合って、キスまでしたじゃない。

落ち着くために言い聞かせた言葉で、更に昨夜の濃厚なキスを思い出してしまい、志穂は自己嫌悪に陥《おちい》った。

もう、なにをどう考えても逆効果だ。咄嗟《とっさ》に志穂は、普段店で使っているシャンプーの種類を頭に思い浮かべた。それで幾分、落ち着きを取り戻す。

「ほんのちょっと目眩《めまい》がしただけですから。もうすっかり治りました！　ほら、もう大丈夫です」

凌から少しでも離れたくて、志穂はすたすたと足早に歩き出す。

「ならいいけど。無理するなよ」

そんな声と共に、彼が後ろをついてくる気配を感じた。志穂よりもずっと歩幅の大きな凌に追いつかれないよう、志穂はスピードを緩《ゆる》めず歩き続ける。そうしながら、アリサから受けたアドバイスの続きを思い浮かべていた。

『いいですか、志穂さん。簡単に体を許すのはダメですが、別れ際にほっぺにキスとかは効果的だと思うんです。可愛らしさがアピールできておススメです』

──私からキス？　そんなの無理よ。絶対無理。駆け引きって拷問《ごうもん》って意味だったの⁉

それができれば、確かに凌をドキッとさせられるかもしれない。

そうは思うが、人には向き不向きがあるのだ。今まで付き合った相手にも、自分からキスなんてしたことがない。

──だいたい、どんなシチュエーションで頬にキスとかするっていうのよ。いやいや……こんなこともできずに、報復なんて成し遂《と》げられるはずもないわ。そうよ、大型犬だと思おう……犬なら、躊躇《ちゅうちょ》せずキスできるわ。

そんなことを考えながらタイミングを計るが、その機会を見付けることができず、志穂は次第に焦ってきた。しかも凌のマンションは駅近物件だけあって、駅までは本当にすぐだった。

結局キスどころか、まともに会話すらできないまま駅に到着してしまう。ホームで電車を待つ志穂の隣には、凌が立っている。

「あの、後は電車に乗るだけなんで、本当にもういいですよ。あ、ほら、電車もきましたし」

スピードを落としてホームに入ってきた電車が、ゆっくりと止まった。

目の前でドアが開き、志穂は電車に乗り込んだ。そして、凌を振り返る。

「今日はお邪魔しました」と、一言告げようと思ったのだ。

けれど、先に、凌が口を開いた。それも、やけにまじめな表情で。

「さっき、俺がどうして志穂の連絡先を聞かなかったかわかるかって、聞いたよな」

「……え？」

「お前に決めて欲しかったんだ。俺に会うかどうかを。連絡がこなければ、それまでだと思ってた。……だから」

凌が一歩前に出て志穂の手首を掴《つか》んだ。そのまま腕を引かれて目の前に凌の端整な顔が迫る……

「……んっ」

ほんの一瞬、志穂の唇と凌の唇が触れ合った。

突然のことに、志穂は身動きひとつできず目を見開いた。すぐに離れた凌は、微笑んで真っ直ぐに志穂の瞳を見据える。

「だから、志穂から連絡がきて、嬉しかったよ。……それじゃあ、また」

その直後、目の前でドアが閉まり電車が動き出す。電車がホームを出て、手を振る凌が完全に見えなくなるまで、志穂はその場を動くことができなかった。

——負けた。

謎の敗北感にうちひしがれ、志穂はがっくりと肩を落としたのだった。


濡れた髪をバスタオルで拭《ぬぐ》いながら、志穂は冷蔵庫から缶ビールを取り出す。

シャワーを浴びた後、冷えたビールを飲む時が、一日のうちで最も志穂がリラックスできる時間と言ってもいい。

だが……この数日、そんな時間がリラックスとはほど遠いものとなっていた。

ビールを口にしながら、志穂の視線は何度も携帯に向けられる。何度見たところで、携帯には着信もメールもない。そんなこと、もう嫌というほど確認しているのでわかっている。

わかっているのだが――結局志穂は、テーブルの上に置いてあった携帯に手を伸ばした。

画面を確認するが、やはり着信もメールもない。

初めからわかっていたこととはいえ、志穂の口からは無意識にため息が漏《も》れてしまう。

凌の家に行って料理を振る舞ってから、今日で一週間が経とうとしていた。なのに、あの日以来、凌からの連絡は一度もない。

「私、なにかしくじったかしら」

ぼそりと口から零《こぼ》れた言葉には、隠しきれない不安が滲《にじ》む。

あの日の別れ際、凌は「じゃあ、また」と言った。でも、その後なにも連絡がないということは、なにかとんでもない失敗をしていたのかもしれない……

悩む前に、こちらから連絡してみればいいのだとわかってはいる。

――でも。

凌が志穂からの連絡を待ったように、志穂もまた凌からの連絡を待ちたかったのだ。

もう一度、自分と会いたいと思ってくれるなら、きっと凌から連絡をくれるはずだ、と。

「嬉しかったって、そう言ってたもの……だから、きっと！」

わざと声に出して自分に言い聞かせるが、やはり自信はない。

――もしかして、もうこのまま連絡がこない……とか？　やっぱり私から連絡をしてみるべき？

携帯の画面を操作し、凌の連絡先を表示したところで、志穂はぶんぶんと首を振った。

「……っ、なんで私、こんなに焦ってるのよ！　押すのと同じくらい引くのも大事だって、アリサちゃんも言ってたじゃない」

凌の家に行った次の日。イケメンさんとはどうなったんだと、アリサがぐいぐい迫ってきた。

「それはひとまず相手の出方を窺《うかが》うべきです。押した後は一旦引く！　駆け引きの基本中の基本ですね」

と、ことの顛末《てんまつ》を聞き終わったアリサは、自信満々に言い切ったのだ。

最近のアリサは、すっかり志穂が恋愛初心者だと見抜いたらしく、ことあるごとにアドバイスをくれる。親身になってくれるのだが、どこか面白がっている節もあって先輩としては複雑なところだ。それでも経験の少ない志穂にとって、恋愛上手《じょうず》らしいアリサの存在は心強い。

とはいえ、今回に限っては、アリサのアドバイスがなくても、志穂は自分から凌に連絡しなかったと思うが……

「私、気にし過ぎよね。まだたった一週間じゃないの……」

そう言って志穂は、手にしていた携帯をぽいと放り投げ、ＤＶＤのリモコンの再生ボタンを押した。すぐにテレビの画面が切り替わり、お笑い芸人のライブ映像が映し出される。

それは凌と再会した時に話題に上《のぼ》った芸人のものだった。あの時は、興味がないふうを装ったが、ずっと大好きで今でもよくこうしてＤＶＤを観ている。

内容を覚えるくらい何度も観ているのに、観れば必ず笑ってしまうくらい大好きなＤＶＤだった。なのに……今日は、ちっとも笑えない。

じっと膝を抱えて、ぼんやりと画面を眺めている——そんな時だった。

無造作に放り投げてあった携帯が、突然、陽気な着信音を響かせる。

志穂は考えるよりも先に、大慌てで携帯を拾い上げると、急いでそれを耳に押し当てた。

「も……っ、もしもし！」

やっと電話がきたと、ほっとしたのも束の間。

「………え？　お母さん？」

電話の相手が凌ではないとわかった途端、自分でもびっくりするくらいに落胆し、呆《ほう》けた声が出てしまった。

「うん、元気だよ。え？　昨日野菜を送ってくれたの？　うん、ありがとう。うん、今度休みが取れたらちゃんと帰るから。わかった。ありがとう。じゃあね」

通話を終えると、志穂は再び携帯を放り投げた。しかし、すぐに思い直して、放り投げた携帯を手に取る。そして、電源を切ってから再び放り投げた。

——そうよ、電源が入っているから気になるんじゃないの。だったら、鳴らなくしちゃえばいいじゃない。万が一、先輩から電話がかかってきたとしても、こっちはあなたの連絡なんて気にしてませんよーって、相手に思わせられるわ。

考えていくうちに、凌からの電話を待たないほうが、かえっていいような気がしてきた。なのに、どうしてだろうか……。ついついぼんやりしてしまう。

「……なんでかな。全然面白くないや」

画面を見つめながら、そんなことを呟《つぶや》いた自分にも気付いていなかった。

それからどれくらいの時間が経ったのか、うつらうつらしはじめた時、部屋のチャイムが鳴る。

その音に、志穂はびくんと肩を揺らした。

「……やだ、いつの間にかうとうとしてたみたい。こんな時間に誰だろう？」

志穂はカーディガンを引っかけて立ち上がる。

さっきの電話で、母が昨日野菜を送ってくれたと言っていた。おそらくそれが届いたのだろうと、志穂は疑いもなくドアを開けた。

「はい」

ガチャリとドアを開けた先にいたのは、宅配業者ではなかった。

「よう」

部屋の前に立っていた人物に目を見開いた志穂は、直後、慌ててドアを閉める。

「どうして閉めるんだよ！」

けれどドアが閉まる前に、彼の——凌のつま先が間に挟まってきて、閉めることができない。

パニックに陥《おちい》った志穂は、自分の足でぐいぐいと凌のつま先を押しながら、必死にドアを閉めようとする。

「な、なんで？　どうしてここにいるんですか⁉」

「その前に、足挟まってるだろ。開けろよ」

「え、遠慮します！」

「遠慮ってお前……」

ドアの向こう側から凌の呆れた声が聞こえてきたが、そんなことに構っていられない。

なぜなら——今の志穂はとてもじゃないが、凌に見せられる格好をしていないのだ。

ジャージとTシャツに、カーディガンを引っかけただけのリラックススタイル。髪の毛は後ろで適当に縛っているだけだし、それになによりもノーメイクだった。

こんな時間に、連絡もなしに凌がやってくるなんて思ってなかったのだから当然だ。

「せっかく土産《みやげ》を持ってきてやったんだから、ここを開けろ」

「お土産、また次の機会にいただきますっ」

よくよく考えれば、わざわざお土産を持ってきてくれた人に対して、失礼極まりない態度を取っている気がした。けれど、この酷《ひど》い格好を晒《さら》す気にはどうしてもならない。

「もしかして、すっぴん見られるのが嫌とか？　っていうか、さっきドア開けた時にもう見てるから気にしなくていいし」

「そういう問題じゃないんですっ！　十分……いえ、五分だけ待ってください！」

「だから、全然気にしないって」

「……っ!!」

とうとう力負けし、ドアを開かれてしまった。

「別にそんな変わらないじゃん」

凌はたじろぐ志穂を見ると、これっぽっちも気にしていない様子で声をかけ、勝手に靴を脱いで

「お邪魔します」と部屋へ上がり込む。

「……っ、あ、ちょっと待って……！」

ノーメイクの顔をばっちり見られただけでも、相当ショックが大きいというのに、部屋ではあのDVDが流れっぱなしだ。

「あれー？　お前、もうお笑いに興味なくなったんじゃなかったの？」

「そ、それは、久しぶりに部屋の片付けをしていて見付けたんです！　もう消しますから！」

慌ててテーブルの上に置いてあるリモコンを取ろうとするが、凌の長い手が横からひょいとそれを奪い取ってしまう。

「え？　別にいいよ。俺、今でも好きだから。懐かしいなぁ」

すっかり画面に見入っている凌に、志穂は困惑し、それから急激に焦燥感《しょうそうかん》に襲われる。

――最悪だわ。すっぴんジャージ姿を見られた上に、嘘までばれちゃって。どうするのよ、これ。どんどん女子力から遠ざかっていく気がするんだけど……！　なんなのよ、この状況は。

志穂は思わず頭を抱えた。一生懸命身に付けてきた女子力メッキが、一気に剥《は》がされていく気がする。いや、完全に剥がれた。

凌はどう思っているだろうか。そう考えただけで、本当に頭が痛くなってくる。

『変わった振りしてたけど、実際は全然昔と変わってないし、成長してないんだな』

そんなふうに思われたら、言われたら……今度こそ立ち直れない気がする。

胸の奥がズキンと痛む。これは計画が失敗してしまうかもしれないことへの、不安からくる胸の痛み。そう……それだけ。

凌から浴びせられる言葉を待って、志穂は無意識に身構える。凌はきょろきょろと部屋を見回した後、志穂を見た。

「電話したんだけど」

「え？」

「電話。何度か電話したんだ。一応、これから行ってもいいか聞こうと思って。でも全然通じないから、直接きた。携帯、充電切れてんじゃないの？」

「あ、ああ……仕事場で電源を切って、そのままでした」

志穂は放り投げてあった携帯の電源を入れた。そこには、確かに凌からの着信がある。

——もう少し連絡を待っていれば、こんな格好悪いところを見られずに済んだのに……

志穂は、取り返しのつかない失敗に後悔しきりだ。

「なんだよ、志穂。連絡をくれる男の一人もいないわけ？」

ひょいと視界に端整な顔が映り込んでくる。鼻先が触れそうな至近距離で、凌が志穂の顔を覗《のぞ》き込んできた。そんな凌を、志穂はぎろっと睨《にら》み付ける。

「い、いたらどうするんですかっ？」

「まあ、見るからにそういう相手はいないみたいだけどな」

その失礼な物言いも、強引に部屋に押し入ってきたことも、腹が立って仕方がない。怒りのまま、文句を言ってやろうかと思った。けれど、喉まで出かかった文句の数々を、志穂はぐっと呑み下す。

――そうよ、ここで私が怒ったってなにもいいことないわ。すっぴんを見られたのは最悪だけど、先輩が私に会いにここまできたってことのほうが重要なんじゃない？

「あは、ばれちゃいました？」

なんとか怒りを胸の中に押し込め、志穂は笑ってみせる。

男っ気がないことは、もう否定のしようがない。この部屋を見れば、男の影がないことなど一目《いちもく》瞭然《りょうぜん》だろう。実際、彼氏はもう何年もいないのだから。それならば、自分はフリーだとアピールしておいたほうがいいはずだ。

「よかったよ。お前に男がいなくて。これで遠慮なくここにこられる」

「……えっ」

何気ない凌の一言に、志穂はぴくっと反応する。

――お前に男がいなくてよかったって、今言った？

「料理教えてくれって言ったろ？　志穂に誰か相手がいたら、さすがにそういうわけにもいかないからさ」

――ああ、そう。またこのパターンなのね。いい加減学習しないと。

変に期待して叩き落とされる。このパターンは一体何度目だろう。思わせぶりな凌の言い方もどうかと思うが、学習能力のない自分がほとほと嫌になってしまう。

「本当はさ、日を改めてこようとも思ったんだけど、なんか無性に志穂に会いたくなって」

――会いたくなったとか、きっとこの人にとっては挨拶代わりよ。騙《だま》されないでね、私。

「どこかに行ってたんですか？」

「ああ、一週間前に急に出張が入って」

「へえ、出張ですか」

一週間連絡がなかったわけを知り、志穂はほっとした。彼から嫌われたり避けられたりしていないのなら、まだまだ計画は継続できる。

ノーメイクにお笑いＤＶＤという痛恨のミスは、これからどうにかして挽回すればいいのだ。

「えっと、コーヒーでも飲みますか？」

とりあえず来客になにも出さないのもおかしいと思い、志穂はそう言ってキッチンへ向かった。

凌は「悪いな」と言いながら、荷物を置いてその場に座り込む。やかんを火に掛けながらそんな彼を何気なく見つめ、志穂はふと気が付いた。

「……もしかして、一度も家に戻ってないんですか？」

「ああ、真っ直ぐここにきたんだ。言ったろ？　志穂に会いたくなったって」

にっこりと微笑みながらまたしてもそんなことを言われ、志穂は内心で「この女ったらしめ」と悪態をつく。

「志穂が料理を作ってくれた次の日だよ、急な出張が入ったのは。それから今日までずっと忙しくてさ。志穂に連絡しようと思ってもできなかった。っていうか、お前のほうこそ、一度も連絡くれないし。なんて薄情な奴なんだと思ったよ」

「それは、すみません……」

——私のこと気になってきてるってこと？　これ……いい傾向よね？

思わず緩《ゆる》んでしまう頬が止められない。

——ここは、もう一押し……

「あの、凌さん。真っ直ぐにここにきたってことは、もしかしてなにも食べてないんじゃないですか？」

コーヒーの入ったマグカップを凌に差し出し、志穂はにっこりと微笑む。

「うん……実はハラペコ。帰りにコンビニでも寄ろうと思ってた」

その答えに、志穂は心の中で「よし」と拳《こぶし》を握る。

「じゃあ、あり合わせでよかったら、なにか作りましょうか？　あまりたいしたものは作れませんけど……」

「いいの？」

「勿論です。その代わり本当にあり合わせですよ？」

「悪いな。すごく嬉しいよ」

心底嬉しそうに笑う凌に、志穂もこの状況が楽しくなってきた。勿論、下心全開で、だけど。

「じゃあ、すぐに用意しますね」

そう言って、早速料理に取りかかる。手際よく炒飯と卵スープを作り、凌の前に並べた。「すごい」とか「美味《うま》そうだ」とか大げさに賞賛され、志穂の自尊心がくすぐられる。

なにより——

「美味《うま》い！」

炒飯を口にしてそう言ってくれた凌の言葉に、自尊心なんて関係なく、単純に嬉しくなった。そしてそんな自分を慌てて戒《いまし》める。

私にとって重要なのは、料理を褒《ほ》められることじゃないでしょ、と。

「よかったら、まだたくさんあるんでおかわりしてくださいね」

「ありがとう」

志穂はコーヒーを注《そそ》いだマグカップを持って、ソファに座った。もうすっかり冷めてしまったコーヒーに口を付けながら、美味《おい》しそうに食事する凌を眺める。

こんなことで満足している場合じゃないことは重々承知しているが、それでも心が満たされてしまう自分が悔しい。だってやっぱり、作ったものを美味しそうに食べてもらえるのは嬉しいのだ。

部屋の中に、消しそびれてしまったＤＶＤの音が賑《にぎ》やかに流れる。さっきはちっとも笑えなかったのに、今はいつも通り面白くて、志穂はくすっと笑ってしまった。

それからどれくらいの時間が経ったのだろうか。いつの間にか眠りこけていたらしい志穂は「志穂」と名前を呼ばれて、閉じていた瞼《まぶた》を上げた。

「志穂？　布団で寝たほうがいいんじゃないのか？」

「ん……んん？」

ぼやけた視界いっぱいに整った顔が映り、志穂は一気に覚醒した。咄嗟《とっさ》に距離を取ろうと動くが、ソファに横たわった志穂に覆い被さっている凌からは、距離の取りようがない。

「あ、あの……っ、すみません。私、いつの間にか眠っちゃってたんですね」

「気が付いたら眠ってたよ。疲れてたんだな」

「最近、忙しくて……」

相変わらず美容院の仕事は、昼休みもろくに取れないほど忙しい。ありがたいことなのだが、さすがに疲れる。

それでも、凌がいる時に眠り込んでしまうなど、油断し過ぎもいいところだ。

「そうか……悪かったな。そんな時に突然きたりして」

「いえ、それはいいんですが……あの、どいてもらってもいいですか？」

さすがにこの体勢のままでいるのは落ち着かない。

体を起こそうと身じろいでも、凌が上からどいてくれないので起き上がることができない。だからといって、無理矢理押しのけるのは可愛げがない気がして、志穂は困った。

「やだ」

「は？」

「だから、やだ。どかない」

「え？　なんで？」

凌がなにを言っているのか、すぐには理解できなかった。けれど、目の前の端整な顔が、にやりと妖《あや》しい笑みを形作って、やっとその意味を理解する。

「あの。私、片付けもしなくちゃならないんで」

「それならやっておいた。後片付けくらいなら、俺だってできるんだけど」

確かに、テーブルの上は、きれいに片付いていた。首を伸ばしてキッチンを見ると、水切りカゴに洗った食器が重ねてある。

「あ、ありがとうございます。じゃあ、私は食器を食器棚にしまわないと」

これ以上顔色を変えずに、このシチュエーションを乗り切ることはできそうもない。志穂は凌を腕で押しのけて起き上がろうとした。けれど、志穂の体は逆にソファに深く沈められてしまう。

凌が、志穂の体をソファに押し付けたせいで。

「あの……？」

逆光になった凌の顔は、光の加減か、卑屈《ひくつ》に歪《ゆが》んでいる気がした。志穂の知っている凌は、こんな表情を見せたことはなかったから、戸惑ってしまう。

「……どうしてそんなに変わった？」

「……え？」

「好きなものを隠そうとするくらい、どうして自分を偽る？　料理だって全然できなかったくせに……誰のために自分を変えようと思ったんだ？」

——そんなの、あなたにだけは聞かれたくない！

喉まで出かかった言葉を、志穂はぐっと呑み込んだ。そんなことを今更言ったって、なにが変わるわけでもないのだから。

「そ、そんなの……別に誰のためでもないです。私が、そうしたかっただけで……」

真っ直ぐに見つめてくる凌の目を見つめ返すことができず、志穂は顔をそらして消え入りそうな声で答えた。

「嘘つきだね、志穂は」

「嘘なんかじゃ……っひゃ」

顔をそらしていたせいで露《あら》わになった首筋に、凌の舌が這《は》う。突然与えられた生暖かい感触に、思わず体が跳ねた。

「そんなふうに自分を変えて……それで、その男は志穂のことを好きになったのか？」

首筋に唇を押し当てたまま、凌は低い声で囁《ささや》く。声の振動がダイレクトに伝わってきて、背筋がゾクゾクと震えた。

「だ、だから……そんなんじゃ……ん、んん……っ」

「そいつの前でも、さっきみたいになんの警戒心もなく、うたた寝なんかしてたの？　警戒しろとは言わないけど、俺だって人畜無害な人間じゃないんだけどね。……知らなかったとは言わせないよ？」

「そ、そんなの……」

凌が囁く度に、その声は志穂の背筋を痺《しび》れさせる。甘い疼《うず》きにも似たその痺れに、もう凌がなにを言っているのかよくわからなかった。ただ口から漏《も》れ出そうになっている甘い吐息をこらえるのに必死になる。

よくわからないまま流されるのが怖くて、志穂は力の抜けかかった体を必死に励《はげ》まして身をよじった。

「……わ、私、食器をしまわないと……」

「させない」

「ん……っ」

ほんの一瞬、迫ってくる凌の顔がはっきりと見えた。苛立った表情と、燃える瞳。いつかも見たそんな表情に「どうして？」という疑問が浮かんだのと同時に、唇が塞《ふさ》がれる。

初めから激しく、呼吸も理性も根こそぎ奪おうとするような口づけに、志穂は抵抗できなかった。力の抜けかかっていた体から、残っていた力が抜け落ちる。

凌の舌が志穂の口内で蠢《うごめ》く度、頭の中も掻《か》き混ぜられているみたいだ。思考はバラバラに千切れ、意識にぼんやりと靄《もや》がかかってくる。

「そんなに色っぽい顔をするようになったお前が悪いんだよ、志穂」

「そんな、つもり……っぁあ」

服の裾から冷たい凌の指先が忍び込み、ブラを押し上げて直接胸に触れてくる。指先が乳首を掠《かす》め、その僅《わず》かな刺激にびくんと体が強張《こわば》った。口から零《こぼ》れそうな高い声を、ぎゅっと目を閉じ、唇を噛んで押し止める。

ふと体を押さえ付けていた力が緩《ゆる》み、志穂は涙の滲《にじ》む瞳をゆっくり開けた。

「……嫌なら、嫌って言っていいよ。今ならまだやめてあげられるから」

微笑んではいるが、凌の瞳は暗い色を宿している。彼がなにを考えているのかわからない。いや、なにも考えないようにしている、そんな瞳だ。

——私はどうしたらいいの？

志穂ははっきりしない頭で、必死に考える。

志穂が本気で「嫌だ」と言えば、きっと凌はこの拘束を解いてくれるだろう。逃げるなら、やめてもらうなら今しかない。それは志穂にも理解できた。

——簡単に体を許すのはよくない。簡単な女だって思われるって、教えてもらったじゃない。

志穂はそんなアリサのアドバイスを思い出す。そうだ。ここで選択を間違えてしまっては、計画そのものを潰《つぶ》してしまいかねない。でも。

「志穂？」

真っ直ぐに見下ろしてくる凌を見上げながら、志穂の唇は震えた。

もうなんと答えていいのかわからない。いまだかつて、こんな状況に陥《おちい》ったことなどないのだ。どう対処したらいいのか、わかるはずもない。

「俺は、この一週間、ずっとお前に触りたかったんだけど」

服の中に差し込まれたままの凌の指先が、つうっと志穂の腹部を伝った。その言葉と刺激に、血液が顔に集まってくるのがはっきりとわかる。顔が熱くて、頭の中も熱くて……ますますどうしていいのかわからない。

「黙ってるなら、了承って判断するけど、それでいい？」

「あ……うう」

答えを迫ってくる凌に、思考が混乱し過ぎて呻《うめ》き声が漏《も》れてしまった。そんな志穂をどう判断したのか、凌は眉を八の字に下げて苦い顔で笑う。

「悪い。困らせた」

「あ、あの……っ」

凌が志穂から身を離そうとする。そんな凌の腕を、志穂は考えるよりも先に掴《つか》んでいた。

「あの……」

——そうよ、焦《じ》らしたりして、先輩が私に対する興味を失ったら元も子もない……たとえ、体の関係だけになるかもしれなくても、今は彼を受け入れたほうがいいんだ……

「こ、困ってないです。……やめなくって……いい、です」

自分の口にしている言葉がどういうことか、理解している。凌のために受け入れるんじゃない。自分のために受け入れるんだと思い込んでも、既に赤かった頬は今や耳や首までその範囲を広げていた。鼓動が激しくて、胸が苦しい。

「そういう可愛いことまで言えるようになったわけだ。ムカツクな」

「ムカツクって……え？　きゃ、きゃあっ」

ムカツクってどういうことですかと口にしようとしたが、その言葉は途中で悲鳴に変わった。志穂の上からどいた凌が、そのまま志穂を軽々と抱き上げたからだ。

「は、離して」

お姫様だっこなど、生まれてこの方一度もされたことなんてない。

驚きと恥ずかしさが、あっという間に頂点に達する。

「離してもいいけど……せっかくベッドまで運んでやろうと思ったのに、このままここで襲われたいわけ？」

「えっ！　そ、それは……」

意地悪な凌の声に、志穂はじたばたと動かしていた手足の動きをぴたりと止めた。確かに、こんな明るい場所でどうこう……とか、想像もできない。それ以前に、こんなに狭い場所でできるものだろうか。

「狭くたって、することはできるけど」

またしても思っていたことが声に出ていたのかと、志穂は慌てて両手で口を覆う。そんな志穂の様子を見て、凌はくすっと笑った。

「なに。お前、そんなこと考えてたの？　気になるなら……試してみる？」

悪魔の囁《ささや》きそのものの凌の言葉に、志穂はぶんぶんと激しく首を振った。変な癖が出てしまったわけではないとわかってほっとしたが、こんな明るい場所でなんて、考えただけでおかしくなりそうだ。

「そう。なら大人しくベッドに運ばれなよ」

うなずく代わりに志穂は凌に体を預ける。頭上から笑った気配が降ってきた。

アコーディオンカーテンで仕切っただけの寝室へ運ばれ、ベッドの上に放り出される。身を起こす前に上から凌がのしかかってきて、再び唇が奪われた。

「んん……」

執拗《しつよう》に舌を絡《から》められ、唇を吸われる。そうしている間にも、志穂の服は凌の手によって一枚一枚剥《は》ぎ取られていく。気が付いた時には、志穂も、そして凌もなにも身に付けていなかった。

凌とこういうことをするのは初めてじゃないのに、どうしようもなく恥ずかしくて体が震えた。注《そそ》がれる視線から逃れたくて志穂は思い切り顔をそむける。同時に、腕で露《あら》わになった胸と下腹部を隠した。けれどその腕は、あっさりと外されてしまう。

「隠すなよ」

「そ、そんなこと言われたって、恥ずかしい……」

「今更？」

「い、今更かもしれないけど、恥ずかしいものは恥ずかしいんです……っ」

手首をしっかりと掴《つか》まれ、もう隠すこともできない。見下ろしてくる凌の視界に、自分の素肌が全て晒《さら》されていると思うと、今すぐここから逃げたくなる。ぎゅっと口をへの字に曲げ、上目遣いで睨《にら》み付けると、凌は少しだけ困ったような笑みを浮かべた。

「……そういう顔は、あの頃と全然変わってないな。化粧してないせいかもしれないけど。なんか、時間が巻き戻ったみたいで変な感じだ」

「ん……、んぁっ」

言葉が終わるのと同時に、体中に凌の唇が降ってくる。首筋に胸元に肩に、脇腹に脚の付け根に……いたるところに降ってくる唇に、あっという間に体が熱くなった。こらえても、鼻にかかった甘い声が漏《も》れ出してしまう。

「も、もう、あの頃の私とは……違います……ん、んん……ふぁ」

どんどん凌の手で溶かされていく理性を繋《つな》ぎとめたくて、志穂はわざと強い口調で言った。途端、鎖骨の辺りに顔を埋《うず》めていた凌が顔を上げ、真っ直ぐに志穂を見つめる。その瞳に、志穂の胸はドキンと音を立てた。

あまりにも冷たい、鋭い目に見据えられて――

「そうだね。もう、あの頃とは違うみたいだ。……それで構わない」

「ど、どういう……あっン！　あ、あ、あぁ……っ」

凌の手がするりと脚の間に滑り込み、敏感な場所に触れる。それまでとは比較にならない強い刺激に、志穂はびくりと背中を仰《の》け反《ぞ》らせた。

そっと快楽の芽を指先で転がされ、無意識に腰がもじもじと蠢《うごめ》いてしまう。

「物欲しそうに腰が動いてるけど、そんなにいいの？」

「ち、ちが……っ」

耳元で艶《つや》っぽく凌が囁《ささや》く。志穂は何度も首を横に振って否定したが、凌に指を動かされる度に、反応して跳ねる体を止めることができない。

「嘘つきなのも変わってないみたいだ……体はこんなに素直なのにね」

「そんなこと……あっ、いやぁ……」

凌の指が志穂の中を激しく掻《か》き混ぜると、「いや」という言葉が虚《むな》しく空《から》回りするくらい、湿った水音が部屋に響いた。

「誰のために変わったんだか知らないけど、今は俺に啼《な》かされてればいいんだよ」

「あ……あっ！」

両脚が大きく広げられ、一気に体の奥深くまで熱い彼自身を突き立てられる。その勢いに、息が詰まって目の奥に白い火花が散った。

速い動きで何度も抉《えぐ》られ、あっという間に志穂は快感に囚《とら》われていく。

「やぁ……くるし……ん、んんっ」

あまりにも激しくて、思わず腰が引けた。けれどすぐに引き寄せられ、体が強張《こわば》る。志穂はもうなにも考えることもできないまま、激しい抽送《ちゅうそう》を受け止め続けた。息もできないほどの快楽に苛《さいな》まれていると、凌がふとその動きを止めた。

「どうして泣いてる？　この前も、泣いてたな」

言われるまで自分が泣いていたなんて気が付かなかった。だから、どうして泣いたのかなんてわからない。

だから正直にわからないと首を横に振ったのに、凌はぎりっと奥歯を噛みしめた。

「言えない？　それとも言いたくない？　誰かを思い出して、その誰かと比べていたりするのか？悪いけど、誰かと比較されるのは好きじゃない」

――そんなつもりはない。そんなことない！

けれど、志穂の思いは言葉にならず、甘く潤《うる》んだ嬌声《きょうせい》として口から漏《も》れた。凌がさっきよりもずっと激しく、志穂の中を突き上げる。

体の奥を深く抉られる度、思考は泡のように弾けていく。もう考えることさえできなくなって、ただ自分の中を掻《か》き混ぜる凌の存在だけに囚われていった。

「いいなら、いいって言えよ」

意地悪な口調。そのくせ、何故か凌の表情にはいつもの余裕がない。志穂はもっとそんな凌の顔を見たいと思った。

いつもと違う、自分にしか見せない顔を。

――素直じゃない私が、素直に求めたらどう思う？　欲しいって、気持ちいいって口にしたらその顔は、どんなふうに変わるだろう？　少しは私に執着してくれる？

でも、気持ちいいと思っているのも、もっと欲しいと思っているのも、まぎれもなく本当の気持ちで……そんな自分の心を志穂はもう止められなかった。

腕を伸ばし、凌の首に巻き付ける。一瞬動きを止めた凌が、驚いたような視線を向けてきた。

「お願い……もっと」

自分がどんな顔で凌を見上げているのか、よくわからなかった。けれど、きっと酷《ひど》くいやらしい顔をしているに違いない。

「……へえ、挑発までできるんだ」

凌の言葉に、そうか、これは挑発している顔なんだと、頭の隅でぼんやりと思った。

「……知らないよ？　挑発したのは志穂だからね」

「……っあ」

両脚を抱え上げられ、深い角度で中を抉《えぐ》られる。体を突き抜ける快楽に息が詰まった。けれど、息を整える間もなく、激しく何度も突き上げられる。

「あ……っ、熱……っ、そ、そこ……ぁあ、気持ち……いいっ！」

一度口にしてしまうと、もう止められなかった。自分にとってこれが、計画のためなのかも、もうわからない。ただ、彼に与えられる快感に夢中になっていった。

熱くて、熱くて、心も体も全てがドロドロに溶かされていくようだ。快感がどこまでも膨《ふく》らんで、吹き飛ばされてしまいそうで……

「あ……あ……っ、も、も……ダメ…………！」

意識が真っ白に塗りつぶされ、体が快楽に支配される。恐ろしいほどの悦楽《えつらく》に、志穂は声も上げられないまま、ただ何度も何度もその身を痙攣《けいれん》させた。

「志穂……」

自分の名前を呼ぶ凌の声が、現実なのかどうかさえもうよくわからない。強く凌に抱きしめられながら、意識が途切れるほんの一瞬前、これは本当に駆け引きなんだろうかという疑問が浮かんで――すぐに消えた。


それから一ヶ月ほど経ったある日の夜。志穂と凌は並んでキッチンに立っていた。

志穂と凌は週に二回ほど、互いの自宅で会うようになっていた。色っぽい理由で、というよりは、料理を教えるのがメインだ。けれど勿論、料理を教えるだけで済むはずもなく……あの後も何度か体を重ねている。

「はいー。切る時は猫の手ですよ、猫の手。あ、ほらそんなふうにしたら……っ」

「……………切った」

「でしょうね」

今日は志穂の自宅で、キャベツの千切りをしてもらっていたのだが、凌はやりはじめた途端速攻で指を切ってしまった。

志穂はエプロンのポケットにあらかじめ潜《ひそ》ませてあった絆創膏《ばんそうこう》を取り出し、じわりと血を滲《にじ》ませている凌の指に巻き付けた。

「ちょっときつくないか？」

「これくらいしっかり巻かないと、血が止まらないじゃないですか」

「なんか憎しみ籠《こ》もってないか？」

「籠もってません。私に憎まれるようなこと、なにかしたんですか？」

——まあ、あなたは長年のトラウマの元凶ですけどねぇ。

と心の中で呟《つぶや》きながら、志穂はにっこりと笑って見せた。一方の凌は、斜め上を見て髪を掻《か》き回している。

「なにか思い当たることでも？」

「いや、ない。……と思う。多分」

「本当ですか？」

「俺、なにかしたっけ？」

「さあ、どうでしょうね」

勿論十年前のことを口にするつもりはない。だが、困っている凌をからかいたくて、志穂はわざとぷいと背を向けた。

「え？　ちょ……っ、俺、本当にお前になにかした？」

「わ……っ、ひゃ！」

背後から手首を掴《つか》まれ、ぐいっと引かれる。油断していた志穂の体は、その勢いでぐらりと後ろに傾《かし》いだ。そのまま尻餅《しりもち》をつくと思った体は、ひっくり返ることはなかった。

「悪い。大丈夫だったか？」

すぐ後ろからよく通る低い声が鼓膜をくすぐり、志穂は反射的に振り返った。すると、背後から抱き留《と》めてくれた凌の唇がすぐ目の横にあって、志穂は勢いよく顔を正面に戻す。

「だ……っ、大丈夫です」

体勢を整え、凌から離れようと身じろぐ。けれどどうしたことか、背後から凌の腕が志穂の体に絡《から》まり、離してくれない。

「あ、あの。もう大丈夫ですってば」

凌の体温に包まれ、志穂の脈拍は一気に跳ね上がった。

裸で抱き合ったこともあるのに……抱き合うどころか、あんなことやこんなことまでしているのに、今更背後から抱きしめられたくらいでなにを動揺しているんだ！　と、志穂は必死に自分に言い聞かせた。

「なあ、志穂。本当は俺、お前を傷付けること、なにかしたんじゃないのか？　だからあの時……」

「あの時っていつのことでしょう？」

にっこり微笑みつつ、志穂はやんわりと凌の腕を振り解《ほど》こうと試みる。けれどその腕は離れてくれない。

「あ、もしかして部活の時に、痛がる私に思い切りストレッチしたことですか？　それとも、真夏の太陽の下、倒れそうになるまでダッシュさせたことですか？」

わざとそんなどうでもいい昔話を引き合いに出すと、凌が苦い顔をした。

「根に持ってんじゃないか」

「全然ですよ。そんな昔のこと、今更気にしたりしません。むしろ、いい思い出じゃないですか」

わざと余裕たっぷりの口調と表情を凌に向けると、彼は面白くなさそうにむっと口を歪《ゆが》める。しかしすぐに、にこりときれいな笑みを浮かべた。

「ところで、志穂」

「はい？　……んなっ」

密着している体を、更にぐっと引き寄せられる。

「りょ、りょ、凌さんっ⁉　はな、離してください」

情けなく声をひっくり返して、志穂はぐいぐいと身をよじる。けれどしっかりと体に巻き付いた凌の腕は、びくともしない。それどころか、更に腕に力が籠《こ》もる。

その上、凌の唇が志穂の耳を掠《かす》めてきて、「ひゃあ」とか「ぎゃあ」とか可愛げのない悲鳴が漏《も》れそうになった。

まさかこのまま……なんて、淫《みだ》らなことを想像してしまい心臓が急に速まる。

顔は火が付きそうなほど熱く、裏返ってしまった声を誤魔化すこともできない。

そんな志穂の動揺が、抱きしめている凌には手に取るようにわかるのだろう。背後で凌がくすっと、小さく笑った。

「ねえ、志穂」

「な、な、なんですか」

耳元で囁《ささや》かれると、膝からかくんと力が抜けそうだ。

「すごく脈拍が速いけど……どうかした？」

——それ、わかってて聞いてるでしょ！　どれだけ性格が歪《ゆが》んでるのよっ。

と、叫べたらいいのだが、そんなことを言ってしまったら、認めることになるので言いたくない。

「べ、別に。これが普通ですよ」

普通でないのは明らかなのに、意地を張ってそんな言い訳をしてしまう。

「そうかな。すごくドキドキしてるみたいだけど……ほら」

「きゃあっ」

凌の手のひらが不意に志穂の胸に触れ、我慢していた悲鳴がとうとう口から飛び出してしまった。

「やっぱりドキドキしてる。ね？」

「ね、じゃないですよっ。い、いきなり、どこを触っているんですかっ」

「だって、ここが一番心臓に近いから。あれ？　脈拍がまた速くなったみたいだけど……」

わざわざ教えてもらわなくても、そんなことくらい志穂が一番よくわかっている。心臓は限界を超えて今にも破裂しそうだ。

「ねえ、志穂。もしかして俺としたいの……？」

わざと耳に吐息を吹きかけるように囁かれて、背中がぞくぞくと震える。

動揺が最高点に達し、頭が真っ白になった……

「はいっ、指はもう大丈夫ですねっ？　料理の続きをしまーす！」

はっと気が付いた時には、そんなことを大声で叫びながら凌の腕を振り解《ほど》いていた。

――い、今の。全然女らしくないっ！　もっと上手《うま》い躱《かわ》し方があったでしょうが、私のバカー！

内心で激しく落ち込みながら、なんとかこの場を取り繕《つくろ》うべく、志穂はにっこりと笑みを浮かべた。

もう何年も鏡の前で練習してきた笑顔だ。どんなに内心は動揺していても、笑顔だけは完璧なはずだ。

「も、もう……っ、からかわないでください。女の人をからかって楽しむなんて、いい趣味とは言えませんよ？」

完璧な笑みを顔に貼り付け、志穂は凌を振り返った。

振り返った凌は、爽《さわ》やかな笑みを浮かべている。それが胡散臭《うさんくさ》く見えてしまうのは、気のせいだろうか。

「ごめん、ごめん。お前って、からかうと面白くて、つい……ね」

「ついじゃないですよ。ほら、料理の続きしますよ」

「そうだな」

「そうしましょう」

うふふと志穂が笑い、凌もにこやかに作業を再開する。完璧な作り笑いの志穂が言うのもなんだが、彼の笑顔はやはり胡散臭い。

「じゃあ、キャベツの千切り、残りは私がやりますから、凌さんはオムレツ作ってもらえますか？前回やってるので大丈夫ですよね？」

「ああ、任せておけ」

「じゃあ、よろしく」

腕まくりをする凌を横目で見て、志穂は一心不乱にキャベツを刻みはじめる。千切りに集中している間は、凌のことを気にしないでいられる。

――なにが、俺としたいの？　よっ。私のことを女だなんて意識してないくせにっ！　この人は私のことをどうしたいのよ。

雑念が次から次へと浮かんできて、とても集中どころではなかったが、志穂はひたすらキャベツを刻み続けた。

凌がなにを考えているのかわからない。それにこの先、志穂の目的が達成されるのかもわからなかった。でも、ここで引くわけにはいかない。

こうしてはじめてしまったからには、もう絶対後には引けないのだ。

4　これは恋か逆襲か

「志穂さん、今から新規のお客様、ご指名なんですが大丈夫ですか？」

受付の子にそう声をかけられたのは、閉店の一時間前のことだった。

「大丈夫ですよ」

ちょうど手の空《あ》いていた志穂は快《こころよ》く返事をする。新規で自分を指名してくるなんて、誰かの紹介だろうか。

スタッフの指すほう――受付横のソファへ歩み寄り、志穂はそこに座っている小柄な女性に「いらっしゃいませ」と声をかけた。

くるっと振り返った女性は、丸い目をにこっと和《やわ》らげて立ち上がる。肩までのふわふわの髪に小柄な体つき、愛らしい顔立ちの女性を、志穂はなんとなくトイプードルっぽいな、と思った。勿論、好意的な意味で。

席まで案内し、志穂は準備されたカルテを手に取った。そこにはお客様の氏名、これまでに提供したサービス、髪質などが記入されている。今回は初めてなので氏名のみだ。

「初めまして、森園と申します。江藤《えとう》様、今日はどうしましょうか？」

カルテには、『江藤留奈《るな》』と書かれている。年齢は、志穂よりも二つ年下の二十三歳。もっと年下かと思っていた。

「今日はカットをお願いします」

「カットですね。どれくらいお切りしましょうか？」

「お任せしてもいいですか？」

「え？」

鏡越しに留奈を見ると、彼女はきらきらした目で鏡に映った志穂を見つめている。

「お任せですか？」

――なんだかつい最近、同じことを言われた気が……

新規でいきなり「お任せ」と言われることは滅多にない。それこそ、志穂が雑誌に掲載されるような有名美容師ならわかるが、至って普通の美容師だ。

そして、そんな滅多にないことを口にしたのが、初めてこの店にきた時の凌だったと思い出す。

「実は、会社の先輩からこのお店と森園さんのことを聞いたんです」

「先輩って……もしかして、相馬さんですか？」

「はいっ」

凌の名前を出すと、留奈はきらきらの大きな瞳を、更に輝かせた。

「相馬さんの髪型が素敵だったんで、お願いして教えてもらったんです。相馬さんも、髪型すっごく気に入っているみたいだったし」

「そうなんですか？　ありがとうございます」

そんなふうに評価してもらえて、志穂ははにかんだ笑みを浮かべた。それに……凌が髪型を気に入ってくれているのなら、こんなに嬉しいことはない。勿論、美容師として、だ。

「だから、私もお任せでお願いします」

「わかりました」

彼女の髪質からどんなカットがいいかを相談し、志穂は留奈の髪の毛を切りはじめた。

「森園さんって、相馬さんとはどんな関係なんですか？」

留奈は用意した雑誌に手を伸ばさず、しばらくしてそんな質問をぶつけてきた。

「どんなって……私は高校の部活の後輩なんです」

さすがに十年ぶりに再会して、色々なことがありました。現在、トラウマに打ち勝つために、絶賛駆け引き中です。なんて余計な情報を口にするほどバカではない。

「高校の？　ええっ、その頃から今までずっと連絡を取り合ってるんですか？」

「いえ、先日十年ぶりに偶然再会しまして……それで、お店にきてくれたんです」

「……へえ」

相槌《あいづち》を打つ留奈の顔はにこやかなのに、声のトーンが僅《わず》かに低くなった気がする。

「それから相馬さんとは、時々会ったりしているんですか？」

「いえ、時々と言うほどでは……」

「じゃあ、時々じゃなくても、会ってるんですね」

「……っ」

鏡越しに映る留奈の表情はやはりにこやかなまま。けれどその目は少しも笑ってない。それどころか、剣呑《けんのん》な雰囲気を放っている。

そこでようやく、志穂にもわかった。

——この子、先輩のことが好き……？

そう考えるのが自然だろう。凌の話題ばかり口にする時点で、もっと早く気が付くべきだった。

「いいなあ、ふたりで会ってどんな話をするんですか？」

「ど、どんな話って……」

——余計なことを言ったら、先輩に迷惑がかかるんじゃない？

そんなことを思いながら、焦る頭で必死に無難な答えを考える。そして、色気もなにもない料理の話を口にした。

「料理の……、相馬さん、全然料理ができないそうで、それで会った時には、料理を教えたりしてるんです」

「へえ、そうなんですか」

「ええ」

——無難な話題、だったよね？　大丈夫だよね？

別に淩と会った時になにをしているか、留奈に知られたところで、責められるいわれはない。それはわかっているのだが……淩に思いを寄せているらしい彼女に、根掘り葉掘りふたりのことを聞かれるのは気分がいいものではなかった。

これ以上なにも聞かれたくなくて、志穂はわざと忙しそうに手を動かす。けれど、じっとこちらを窺《うかが》う留奈の視線が気になって仕方がない。

だから彼女が、「話は変わるんですけど」と口にした時には、心底ほっとしたのだが……

「あの、相馬さんって、高校生の頃からあんなに誰にでも優しかったんですか？」

「……え？」

留奈の口から出たのは、またしても淩の話題だった。

確かに淩は共通の知り合いなので、彼の話題が出るのは仕方ないと言えば仕方ないのだろう。だが、志穂は胸の奥に小さな苛立ちが生まれるのをはっきり感じた。

留奈はといえば、そんな志穂の気持ちに気付くことなく、更に言葉を続ける。

「相馬さんって、本当に誰にでも優しくて。結構、誤解しちゃう女の子がたくさんいるんですよ。この前も相馬さんの優しさを好意だと勘違いして、告白してた子がいましたよ」

「へえ……そうなんですか」

志穂の知らない淩の話をされても、それ以上、言葉が続かない。相槌《あいづち》を打ちながら、更に苛立ちが募《つの》った。

「だから、高校の頃からそんなふうに誰にでも優しかったのかなって気になったんです」

屈託なく笑う留奈が、志穂のトラウマを知っているはずがない。それなのに、自分の過去を見透《みす》かされているようで嫌な気分になる。

「私はただの部活の後輩なんで、そういうのはよくわかりません」

その声はひどく事務的で、とても接客にふさわしい声ではなかった。自分でもそれがわかったが、取り繕《つくろ》う気分になれなかった。

「そうなんですか。残念」

よくわからないなんて嘘だ。

あんなにいつも見ていた凌のことを、わからないわけがない。凌本人も気が付いていない癖まで、あの頃の志穂は知っていたかもしれないくらいなのに。

彼女の言う通り、凌は誰にでも優しくて人気があった。でも志穂には、どちらかというと意地悪だったかもしれない。

けれどそのせいで自分は他の子とは違うんだって、錯覚し期待してしまった。

――なんだ。そういうところは変わってないいんじゃない。大人になってまで罪な人だわ、まったく。

僅《わず》かに苦い笑みが浮かぶ。胸の中にも、小さな痛みが広がった。

「私、相馬さんには本当に助けられているんですよ。何度も相談に乗ってもらって、励《はげ》ましてもらったり……あの大きい手で頭を撫でられると、なんだかやる気が出てくるんですよね」

「そうなんですか」

「そうなんです。本当に頼りになるんですよ。この前だって――」

カットの間中、留奈は会社での凌の話をし続けた。取引先での出来事や、昼休みの居眠り。仕事上がりに食事に連れて行ってくれたこと――その他、覚えきれないほどたくさん。

志穂は接客中にお客様の話を聞くことは嫌いではない。むしろ、自分から話すよりも相手の話を聞くほうが好きなくらいだ。

けれど、今日はどうしてか話を聞くことが苦しい。

志穂の知らない凌の話を聞く度に、留奈に「あなたより私のほうが彼のことを知っているの」と言われている気がしてならなかった。

ただの被害妄想だとわかっている。なのに、胸にもやもやと……黒くてどろっとした感情が広がっていく。

――だから、なに？　それを私に言って優越感に浸《ひた》りたいの？

そんな捻《ひね》くれた考えが浮かび、胸に広がるどす黒い感情に呑み込まれそうになる。自分の中にこんな意地の悪い感情があるのか、と志穂は唇を噛んだ。

つい、楽しそうに凌の話をする留奈を見る目が鋭くなって――志穂は慌てて「仕事に集中しろ！」と、自分に言い聞かせる。これでカットを失敗でもしたら、自分を紹介してくれた凌の顔を潰《つぶ》すことになる。

それに、留奈から「そんなに上手《じょうず》じゃないじゃない」と思われるのはかなり癪《しゃく》だった。

志穂は慎重に髪にハサミを入れていく。肩まで伸びた髪を顎《あご》のラインまで短くし、ふんわりとした髪質が活きるよう、全体に軽さを出した。

「どうでしょうか?」

合わせ鏡で後頭部を映しつつ、志穂はそう尋ねた。

自分で言うのもなんだが、似合っていると思う。一層トイプードルっぽさが増した。勿論褒《ほ》め言葉だ。人懐《ひとなつ》っこそうで、可愛らしくて、放っておけない感じ。

つまりは、とっても気に入りました。ありがとうございます」

「はい、とっても気に入りました。ありがとうございます」

にっこりと笑みを浮かべる留奈に、志穂は心底ほっとする。これで一応、店と志穂を紹介してくれた凌の面目《めんぼく》を潰《つぶ》さずにすんだだろう。ついでに自分のプライドも。

「よかったです」

志穂は切った髪の毛を払い、ケープを外した。そのまま椅子を回転させ、留奈が席を立ち上がりやすいようにする。しかし、彼女は席に座ったまま、にこにこと志穂を見上げてきた。

——終わったんだけどな。終わりましたよ、とかって声をかけるべきなのかな? でも、それもなんだか失礼な気がするし……どうしよう。

そんなことを考えながら志穂が待っていると、留奈が口を開いた。

「森園さん」

「は、はい」

「もしよかったら、今度相馬さんに料理を教える時、私もお邪魔していいですか?」

「……は？」

突拍子もない留奈の言葉に、志穂の口からは思いがけず低い声が出てしまう。そのことに気が付き、慌てて笑顔を取り繕《つくろ》う。

ドキドキと心臓が嫌な音を立てはじめた。

「そ、その。料理って言っても、全然大したものは作っていませんし。本当に基本を教えているだけだから、いらしても面白くないですよ」

「わあ、私、料理全然できないから、ぜひお邪魔したいです」

「で、でも……私ひとりでは決められないので」

どうやったら上手《うま》く断れるだろうと、志穂は必死に思考を巡《めぐ》らせた。正直、すごく嫌だと思った。彼女に凌との時間を邪魔されるのは絶対に嫌だと。

——でも、もし、先輩が一緒でも構わないと言ったら？　私にはそれを嫌だと言う権利はない。

そのことに気が付いた途端、志穂の背中に冷たいものが走った。

「じゃあ、相馬さんには私からお願いしてみます」

「えっ。でも、今度いつ会うとか、そういうのも、まだなにも決めてませんし」

「それも相馬さんに聞いておきます。ね、お願い」

留奈は胸のところで手を合わせ、きらきらとした大きな瞳で志穂を見上げてくる。自分の魅力を最大限にわかっている仕草を見ていると、苛立ちと焦燥《しょうそう》が募《つの》る。

「で、でも——」

「相馬さんがいいって言ったら問題ないんですよね？」

「それは」

問題などあるはずがない。あるとしたら、それはきっと志穂の心の中だけ。

「……そう、ですね」

だから結局、それ以外、志穂には答える言葉がなかった。

「じゃあ、私、相馬さんに聞いてみますね。相馬さん、優しいから、きっと大丈夫だと思います。森園さんとも、また近いうちに会えますね。楽しみ」

無邪気にはしゃぐ留奈に、志穂はなにも言うことができなかった。

——先輩が断ってくれたらいいのに。

無意識に、そんな気持ちで心が支配されていく。

——きっぱりはっきり断られてしまえばいい。

「じゃあ、森園さん。ありがとうございました。また近いうちに」

見送りに出た店の外で、留奈はにこにことそう言いながら手を振った。

「ありがとうございました」

志穂は深々と頭を下げ、そんな留奈の姿を視界から追い出す。彼女の気配が消えるまで、志穂は頭を上げることはなかった。

自分がどんどん嫌な人間になっていく気がする。

でも、どうしてこんなに嫌なことばかり考えてしまうのかがわからなくて——ずきずきと胸の奥が痛んだ。

もやもやした気持ちのまま閉店を迎え、志穂は着替えを済ませてロッカールームを出る。なんだか今日は妙に疲れた。もう夕飯は、スーパーの半額のお総菜で済まそう。それで、大好きな焼酎をロックで飲もう……と考えながら店のドアを開けた。

入り口の鈴が立てるチリンという高い音に、「お疲れ」と最近ではすっかり聞き慣れた声が重なる。

「湊さん……」

「電話したんだけど繋《つな》がらなかったから、直接きてみた。もう仕事終わったんだろ？」

穏やかな笑みを浮かべて近付いてくる湊に、志穂はどうしてかほっとした。けれど、同時にじりじりとした焦燥《しょうそう》を感じる。

「なんだお前、なんか酷《ひど》い顔してんな」

気持ちが表情に出てしまっていたのだろうか。湊は大股で近付いてくると、眉を寄せながら志穂の顔を覗《のぞ》き込んできた。

「具合でも悪いのか？　それとも、忙しかったのか？」

俯《うつむ》いていた視界に湊の手がにゅっと伸びてきて、志穂の額に触れた。

『あの大きい手で頭を撫でられると』

不意に、さっきの留奈の言葉が蘇《よみがえ》ってきて、心臓が嫌な音を立てる。

「そうなんです。ちょっと忙しくって。ところで――」

話を変えながら、すっと一歩引いて凌から距離を取った。無意識だったが、留奈と同じに扱われるのが嫌だったのだ。

「凌さんはどうしたんですか？　仕事の帰りですか？」

「ああ。今日は早めに終わったから、飯でも食べに行かないかと思って。いつも料理教えてもらってるお礼に、今日は好きなものおごるよ」

「本当ですか？」

思いがけないお誘いに、志穂の表情はぱっと輝いた。よほど嬉しそうな顔をしていたのだろうか。凌は一瞬目を見開いた後、くすっと小さな笑い声を立てた。

急に恥ずかしくなって、志穂は誤魔化すように咳払いをし、笑みを引っ込める。

「で、なにがいい？　なんでもおごってやるよ」

クスクスと笑みを零《こぼ》しながら、凌は志穂の頭に大きな手のひらをのせた。

彼の手から温かな温《ぬく》もりを感じて……なのに、心の片隅がすうっと冷えていく。

――やっぱり、江藤さんと同じに扱われている気がする。

そう思うと、さっきまでの嬉しかった気持ちが急激に萎《しぼ》んだ。

「……あの、もしよかったら今日はうちにきませんか？　ちょっと疲れちゃって……お総菜買って帰ろうと思ってたんです。もし、凌さんが嫌じゃなければ……ですけど」

外食に行けないくらい疲れているわけではない。ただ、咄嗟《とっさ》に思ってしまったのだ。

――これで江藤さんと同じじゃない、と。

志穂は、深く考えるより先に、彼を自分の部屋に誘っていた。だけどすぐに、志穂は自分の言ったことを後悔する。

「あ……っ、せっかく誘ってもらったのに、こんな、すみません。私、ホント考えなしで……」

一体なにを張り合っているんだと思うと、急に恥ずかしくなってきた。

凌を好きな留奈と、過去の報復を目的に彼に近付いた志穂では、最初から立場が全然違う。

「ごめんなさい。やっぱりどこか食べに行きましょう。どこがいいかな」

志穂はさっきまでの自分を誤魔化すように、わざと明るい声を出した。

「いや。たまにはそういうのも面白いね。じゃあまずは、店に寄って適当な総菜を買い漁《あさ》るか。アルコールも好きなの選んでいいからな」

「……え？　いいんですか？」

さっさと歩き出す凌の背中に、志穂は呆《ほう》けた声をかけた。まさかこんなにすんなり、しかもなんだか楽しげに受け入れられるとは思っていなかったのだが。

「え？　なんで？　志穂の好きな物おごるって言ったろ？　志穂がそれがいいって言うなら、それでいいし」

振り返った凌は、不思議そうな顔で首を傾《かし》げている。

「それにほら、家なら誰にも邪魔されないし、時間も気にせずに済む」

と、白い歯を見せて笑う凌に、釣られて志穂の顔にも笑みが浮かんだ。

「そうと決まったら、ほら急ごう」

「……っ、はい」

再び前を歩き出した凌についていて、志穂も小走りで歩き出す。立ち仕事で足はぱんぱんのはずなのに、どうしてか羽が生えたように足取りは軽かった。

それからふたりで志穂の自宅近くのスーパーに寄り、何種類ものお総菜とおつまみ、更に日本酒に焼酎にワインも買い込んだ。

大きなレジ袋ふたつ分の荷物を抱え、志穂の部屋に戻る。買ってきた物を片《かた》っ端《ぱし》からテーブルに並べ、辛口の日本酒をグラスに注《そそ》いだ。そうして、小さなテーブルを挟んで床に座り、向かい合って乾杯する。

「なんかこういうのもいいね。気兼ねなく飲める」

「そうですか？　色気もなにもなくてすみません」

目の前の中華サラダをつつきながら、志穂は思わず苦笑いを漏《も》らした。テーブルの上を見ても、自分の状況を見ても本当に色気とはかけ離れていて、まるで同性同士の飲み会みたいだ。

女性らしくなったところを見せつけ凌を誘惑する、という当初の目的を考えると、かなり問題だ。

だが、確かにとても居心地がよかった。

その気兼ねなさと自宅にいるという安心感から、ついついアルコールが進んでしまう。そのうち、酔いが回ってきたのか徐々に頭がぼんやりしてきた。

「顔赤いけど、大丈夫？」

不意に伸びてきた凌の手が、頬に触れる。その手はひんやりとしてとても心地好い。

「大丈夫ですよ。でも、ちょっとペースを落とそうかな。家にいるから、つい安心して飲み過ぎてるかもです」

気分がよくて、いつもの『女性らしく！』なんて考えは頭から消え失せ、志穂はへにゃっと笑った。

「手、冷たくって気持ちがいいですね」

火照《ほて》った顔に凌の冷たい指先が気持ちよくて、志穂はその手に自分の手を重ねた。

「志穂……誘ってんの？」

「へ？」

もう片方の手も頬に伸びてくる。そのまま、両頬を包まれ上を向かされた。目の前に凌の顔が迫り、志穂は考えるよりも先にぶんぶんと思い切り首を振る。

「そんなんじゃ……」

「ないみたいだな」

凌はそう答えるとぷっと噴き出した。肩を揺らして笑っている凌の姿が、十年前の彼の姿と重なって、志穂の胸にかつての甘い痛みが蘇《よみがえ》る。

「十年前に戻ったみたいだ」

凌がぼそりと呟《つぶや》いた言葉に、同じことを考えていた志穂もドキッとした。

十年前、もし、凌の自分に対する認識を――女と思われていなかったことを知らなかったら、ふたりの関係は一体どうなっていたのだろう。

変わらず気の合う先輩後輩だったのだろうか……それとも、告白してちゃんと振られていたのだろうか。どちらにしても、こんなふうに大きなトラウマを抱えることはなかったかもしれない。

──あの時、あんな形で先輩の本音を聞いちゃうなんて……本当、皮肉だな。

心からそう思う。もし、ほんの少しタイミングがずれていたら……今更考えても仕方のないことだとわかっていても、そんな未来を考えずにはいられなかった。

──先輩の本音を知らずにいたら、私はいつまで先輩を好きでいたんだろう。たとえ振られたとしても、この人を嫌いになれたんだろうか。


「志穂」

過去の『もしも』に浸《ひた》っていた志穂は、凌の声にびくっと肩を揺らした。

「今更だけど、どうして十年前、突然俺を避けたんだ？　俺……お前になにかしたんだろうか」

その言葉で、甘酸っぱい感傷はパチンと音を立てて弾けた。

──なにかしたんだろうか……ですって？

あの話を聞かれていたことも、志穂の気持ちも知らない凌には、その理由がわかるはずない。

そんなこと、ちゃんとわかっている。

わかっているけど……猛烈な悲しみと悔しさが志穂を襲った。

『もしも』なんて存在しないことくらい、わかっている。起きてしまった過去は、もう変えようがなく、あの過去があったからこそ今の志穂があるのだ。

だから、『もしも』なんて考えるのは無意味でしかない。今の自分で今の凌に向き合うしかないのだ。

「……志穂？」

黙り込んだ志穂に焦《じ》れたように、凌が再びその手を伸ばしてくる。

彼の指先が肩に触れる寸前、志穂は顔を上げてにっこりと微笑んだ。そう、鏡の前で何度となく練習した完璧な笑みを。

「そんなの、凌さんの気のせいですよ。避けたりなんてするはずないじゃないですか。だって、そんなことをする理由がないですもの」

伸ばされた凌の指先は志穂の肩に触れることなく、その場でぴたりと動きを止めた。同時に凌の顔には、今までなかった苛立ちの色が急速に広がっていく。

「……その顔、ムカツク」

舌打ちまじりの低い声に、かっと頭に血が上《のぼ》った。それはもう、咄嗟《とっさ》に言葉が出てこないくらい。

「その笑顔、合コン用に練習したの？　そうやってにこにこしてたら、男は優しくしてくれた？」

どうして今、合コンだの男だの言われるのか、さっぱりわからない。ただ、その的外《まとはず》れな言い分にひどく腹が立った。

志穂が笑顔を練習したのは、男の人に優しくされたかったからじゃない。

――でも、本当はどうなんだろう？　女性らしく見られたかったのは事実だし、どこかにそういう願望もあったのかもしれない。

その時、不意に留奈の言葉が蘇《よみがえ》った。

『相馬さんって、本当に優しいですよね』

志穂の胸の中が、一瞬で真っ黒なモヤに覆い尽くされる。

「……凌さんは、とっても優しいんだそうですね。私には、ちっとも優しくないのに。……今も、昔も」

必死に笑顔を作ったまま、言葉の最後を、そっとため息に乗せる。

「なに？　俺が誰に優しいって？」

凌は志穂の言葉に眉を寄せる。「なにを言っているんだ」と言わんばかりの表情を見て、志穂の胸を覆っている真っ黒なモヤは濃度を増した。

——知っているんだから。みんなに優しくて、江藤留奈さんにも優しくて、憧れの対象で、恋愛の対象で、あんなに楽しそうに嬉しそうにあなたの話をする人がいて……

「私以外の人に、です」

——そんなの、ずるい。

「し、志穂？」

「……なんですか？」

「なんですかって、お前……」

志穂は凌の困惑した顔を見下ろしていた。

胸がもやもやする。悔しくて、苦しくて……そんな自分をどうにかしたくて、志穂は湧き上がる衝動のままに、凌の隣に移動して、その体を押し倒していた。

「凌さん、私にも……優しくしてください」

凌の唇が言葉を紡《つむ》ぐ前に、志穂は自らの唇を重ねて塞《ふさ》いだ。

男の人を押し倒して、更には自らキスをするなんて……自分がそんな積極的になれるとは、今この瞬間まで志穂は知らなかった。アルコールが回っているせいかもしれないし、この胸のもやもやのせいかもしれない。

ただ、凌を自分のものにしたいと思ったのだ。

――ああ、そうか。きっと焦っているのね。江藤さんみたいな可愛い子が先輩のそばにいて。彼女があんなに嬉しそうに先輩の話をしたりするから……焦っているんだわ。

凌と唇を合わせながら、志穂はどこか冷静にそんなことを考える。けれど、自己分析はできても、暴走した自分は止められそうもない。

唇を開き、凌の舌に自らのそれを絡《から》ませる。刹那《せつな》、拒絶されたら……という不安が頭をよぎったが、すんなりと受け入れられた。志穂はたどたどしい動きで彼の舌に舌を這《は》わせ、何度も唇に吸い付く。キスだけで、息が上がり瞳が潤《うる》むのがわかった。胸がドキドキして苦しい。

「……どうしたら、優しくしてくれますか？」

唇を離して、志穂はじっと凌を見下ろした。

「俺は、志穂に優しいと思うけど？」

凌はそう言って、真っ直ぐに志穂を見つめ返す。その目は嘘をついているようには見えない。けれど、凌の言う優しさと志穂の求める優しさはきっと違う。

「女として、優しくしてほしいんです」

そう、女性として、他の女の人にしているように優しくされたい。ちゃんと女として見てほしい。そうじゃないと、志穂の十年間の努力は無駄になってしまう。それは嫌だ。

――嫌なのは、ちゃんと女として見られてないことなのだろうか？　それとも、十年間の努力が無駄になること？　……きっと、その両方だ。

だったら、志穂が女だって思われるようにするしかない。

志穂はもう一度凌の唇にキスをして、それから首筋、鎖骨へ唇を這《は》わせていく。スーツの前をはだけさせ、ワイシャツのボタンを震える指先で外した。

ほどよく筋肉のついた胸部と腹部にも口づけを落とし、そのままベルトの留《と》め金に手を掛ける。こんな大胆なことを自分から仕掛けたことなど初めてで、志穂の心臓はものすごい勢いで早鐘を打っていた。体を駆け巡《めぐ》る血液が沸騰しているんじゃないかと錯覚するほど、体中が熱い。

その上、ベルトの留め金が上手《うま》く外せなくて焦ってくる。気が急《せ》いてよけい手が震えてしまった。すると、しなやかな手が伸びてきて、代わりにベルトの留め金を外してくれた。

「これでいい？」

いつの間に体を起こしたのか、凌がそう言って志穂を見下ろしている。その顔にはどうしてか、さっきまでの刺々《とげとげ》しい気配はなかった。でも、今の志穂には、彼がなにを考えているのか、さっぱりわからない。

「……どうも」

ぼそっと答えると、上方からこらえきれないというように「ぶっ」と噴き出す声が聞こえた。我ながら色気もなにもあったもんじゃないが、今更止められない。

ズボンのボタンを外し、震える手でファスナーを下ろした。下着の上から既に硬くなりはじめている彼自身に唇を押し当てる。

――こんなことしてる私を、先輩はどう思ってるんだろう。いやらしい奴って、思われるかな？　でも自分からベルトを外したってことは、嫌ではないんだよね？

志穂は意を決して、彼の下着を下ろして直接彼自身に舌を這わせた。微かに彼が息を詰めた気配を感じ取り、嬉しいと思った。

そのまま口に含み、舌先を使って刺激する。どうやったら彼が気持ちよくなるのか、あまり経験がない志穂にはよくわからなかった。でも、凌のそれは志穂の口の中でどんどん熱く硬くなっていく。もっと感じて、気持ちよくなってほしくて、志穂はその行為に没頭していった。

「……っ！　ふ、ぁあっ」

凌を悦《よろこ》ばせることに集中していた志穂は、突然与えられた刺激に甲高い声を上げ、びくっと体を強張《こわば》らせた。いつの間にか、凌の手が志穂のスカートの中に忍びこみ、下着の上から秘所をなぞっている。

下着の上から正確に一番敏感な場所を刺激され、志穂の体はがくがくと小刻みに震え出した。

「そ、そんなことをしたら……噛みますよっ」

「いいよ、別に」

ふっと笑いを含んだ声と共に、下着の横から凌の指が差し込まれる。その指はなんの抵抗もなく志穂の中へ埋まってしまった。

「んん……っぁあ」

「ほら、簡単に指が入るくらい濡れてるよ？　こうして欲しかったんだろ？」

「そ、それは……っ、ん、んんっ」

気付くと体の中に二本の指が埋められ、何度も襞《ひだ》を割って奥を抉《えぐ》る。ゆっくりとした指の動きは焦《じ》れったいが、むき出しの神経にびりびりと電気を流されるような快楽があった。

さっきまでは、確かに志穂が主導権を握っていたはずなのに、今となっては完全に逆転している。志穂は凌の指先がもたらす刺激に、くずおれてしまいそうな体を支えるので精一杯だ。

「ん……んんっ、ふ、ぁあ……っ！」

体内を抉る指の速度が増し、志穂はあっという間に軽く達してしまった。

体を支えていた腕からは完全に力が抜け、凌の脚の上に崩れ落ちる。呼吸を乱し激しく体を上下させる志穂の髪を、凌の指先が優しく撫でた。

「志穂、もう終わり？　お前が仕掛けてきたのに、こんな中途半端でやめるの？」

見上げた先で、凌が妖《あや》しげな笑みを浮かべる。艶《つや》を纏《まと》ったその笑みに、誤魔化しようもなく腰の奥が熱く疼《うず》いた。

「ちゃんと責任取ってもらわないと困るよ、志穂。途中でやめるなんてずるいだろ？」

「……どう、したら？」

志穂の問いに、凌は笑みを深める。

「そうだね、じゃあ……ほら、俺に跨《また》がって自分で入れなよ」

凌の言葉に頬がかっと熱を持った。さっきまでしていたことを考えれば、今更恥ずかしがることでもないのかもしれない。……けれど、恥ずかしいものは恥ずかしい。

一瞬ぎゅっと唇を噛みしめた志穂だったが、のろのろと重たい体を起こした。勿論、羞恥心《しゅうちしん》はある。でも、それ以上に凌が欲しいという気持ちが上回った。

志穂は正面から、凌に身を寄せる。そんな志穂に、凌は驚いた瞳を向けてきた。きっと、そこまではしないだろうと思っていたに違いない。

凌の予想を裏切れたことが、志穂は嬉しかった。

——私はもう、昔の私じゃない。だから……今の私の中に、昔の私を見ないで。

凌の熱い滾《たぎ》りに手を添え、自らその上に腰を落としていく。ゆっくりゆっくり彼を呑み込みながら、志穂はゾクゾクと背中を駆け上がってくる快感に身を震わせた。

「ん……っ、んん」

凌に奥までいっぱいに満たされ、志穂は甘い吐息を漏《も》らす。もうこれ以上は自分でできそうになくて、志穂は縋《すが》るように凌を見上げた。自分が余裕のない顔を晒《さら》していると思うと、いたたまれなくなる。けれど彼はそんな志穂を見下ろし、優しく微笑んだ。

「……よくできました。っていうか、なんて顔してるんだよ。いじめられました、みたいな顔すんなよ」

ごつんと額同士をぶつけられ、志穂は「痛っ」とこの状況に似つかわしくない声を上げる。痛む額をさすりながら、文句を言おうとしたが、先に言葉を発したのは凌のほうだった。

「なあ、俺ってそんなに意地悪？　優しくない？」

そう言いながら、凌は志穂を仰向けに押し倒した。両膝を抱え上げ、中に埋め込んだ彼自身で、角度を変えて奥を深く抉《えぐ》ってくる。その刺激に志穂は白い首を仰《の》け反《ぞ》らせ、甘ったるい声を漏《も》らした。

「俺はお前を困らせている？」

「あ……ぁあっ、りょ、凌さんは……意地悪、です。優しく、ない……です。だ、だから……んんっ、困って、ます……っ」

――あなたを私に惹きつけたいのに、それができないまま体だけ繋《つな》がってしまって……困っているわ。困っているけど嫌じゃない自分に、もっと困っているなんて、言えないけど……

「そんなこと、ないと思うけどな。優しくしてるつもりなんだけど」

はしたない水音を響かせ、突き上げるスピードが増していく。その衝撃に耐えるのに精一杯で、声を出すこともできない。体の奥が急激に熱くなっていき、膨《ふく》れ上がる快感で息ができなくなる。

「そうか。まあ……でも、俺も困ってるかな」

――なにを？　あなたが困ることなんてあるの？

「お前が気持ちよ過ぎて」

視線の先にある苦しげな表情に、志穂は目を見張った。彼はなにかを必死に抑え込んでいるような表情をしている。いつも余裕に見える凌のそんな表情に、彼も自分と同じなんだと――襲ってくる快楽の波に必死で耐えているんだと思うと、なんだか嬉しくなった。

「……なに笑ってんだよ。そんな余裕、今すぐなくしてやる」

「あ……っ、あ…………あっ、あ！」

直後、痛いほど突き上げられる。でもその痛みは、一瞬で思考回路を焼き切るほどの快楽に変化して……もう、凌以外のなにも感じられなくなる。

「どうしたらもっと気持ちよくなる？　どうしたら……俺だけに夢中になる？」

問いかけてくるくせに、その答えを塞《ふさ》ぐように凌の指先が志穂の口に差し込まれた。志穂はほとんど無意識にその指先に舌を這《は》わせる。

「……っ、そんな顔……誰に教えられたんだろうな。マジでムカツクよ」

どうしてそんなことを言われるんだろう、とぼんやりした頭で考える。けれど思考は長くは続かなかった。

「ん……っ、んんっ」

片足だけ高く持ち上げられ、角度を変えて奥を抉られると、それまで感じたことのない深い官能が志穂を貫いた。

「ここ……いいの？　もっとして欲しい？」

凌はわざとゆっくりとした動きで、志穂の中を擦《こす》り上げた。じわじわとした快感が志穂の体を震わせ、自分の意思とは関係なく凌の滾《たぎ》りをぎゅっと締め付けてしまう。

「ほら、気持ちいいんだろ？　だったら、もっとしてってお願いしてみなよ」

意地悪な言葉と、炙《あぶ》られるような快楽。それだけでもどうにかなってしまいそうなのに、志穂の口から離れた指先が、硬く立ち上がった乳首を摘《つ》まんできた。

「ふぁ……っ」

こりこりと指先で押し潰《つぶ》され、火が付いたみたいに体が熱い。

「ほら、欲しいって言えよ。ちゃんと俺だけ欲しいって……」

快楽に溺《おぼ》れた志穂の体は、今はちょっとした刺激にも敏感に跳ねる。

「志穂。言えよ」

その声は挑発しているというより、懇願しているようにも聞こえた。だが、霞《かすみ》がかった志穂の頭ではもうなにもわからない。

なにもかも――志穂の全てが凌に支配されていく。

「……いっ、欲しい……凌さんが……だ、だから、お願い……っ！」

「他の奴じゃなく？」

「凌さんが……凌さんが、いいの……っ」

「そう、よく言えたね。ご褒美《ほうび》をあげないと」

「……んっ、…………ぁあ！」

それまで、もどかしいほどゆっくりした動きで志穂を焦《じ》らしていた凌が、一気に最奥《さいおう》を突き上げてきた。

一瞬息が詰まり、目の前がちかちかと白くなる。強過ぎる悦楽《えつらく》に、志穂は声にならない嬌声《きょうせい》を上げた。

激しく何度も何度も突き上げられ、彼の存在を強く感じる。なのに、溶け合ってひとつになっていくようなそんな不思議な感覚に囚《とら》われていく。

最奥を突かれる度に体の芯が震え、目の奥で白い火花が飛び散った。自分の中で膨《ふく》れ上がり、せり上がってくる快楽がどんどんその質量を増し……

「あ……あ……あ……っ、…………………あぁん！」

快楽に呑み込まれ、全てを支配される。

全身が硬直し、背中が浮き上がるほど激しい痙攣《けいれん》が志穂を襲った。何度も体を跳ね上げながら、志穂の意識は深く深く沈んでいく。

「志穂……今度こそ、俺のものになればいいんだよ」

遠くで聞こえた凌の声が、夢なのか現《うつつ》なのか、意識を保つことを放棄した志穂には、よくわからなかった。


週末の居酒屋には、香ばしいにおいと人々のざわめきが満ちている。そんな中、仕事帰りの志穂は、アリサとふたり向かい合って座っていた。仕事帰りにアリサが声をかけてきて、ふたりで食事に出てきたのだった。

この前凌と会ってから数日経っているが、メールは時々くるものの、忙しいのか「会おう」という誘いはない。この前、相当大胆なことをしてしまった手前、ほっとしている自分がいる。けれど、その一方で物足りなく思ってもいた。

テーブルについて一時間、向かい側ではアリサがすっかりでき上がり、テーブルに突っ伏して口を尖《とが》らせている。

「アリサちゃん。大丈夫？」

「大丈夫ですよお……。って言うか、それはアリサのセリフじゃないですか！　志穂さん、ここのところずうっとぼんやりして、すっ転んだり、壁に激突したり生傷が絶えないじゃないですかっ」

がばっと身を起こしたアリサに半眼で睨《ね》めつけられ、志穂はビールに口を付けたまま明後日《あさって》の方向に視線を流した。

「なにかあったんですか？　と言うより、なにがあったんですか？」

「私、そんなに様子がおかしかったかしら？」

「ええ、とっても」

はっきり断言され、志穂は苦笑いを浮かべる。そこまで態度に出ていたとは思っていなかった。確かにアリサの言う通り、最近の志穂の体には生傷が絶えない。今日も道具を載せているワゴンにつまずいて派手に転んでしまった。

「で？　どうしたんです？　このままじゃあ、そのうち仕事にも支障をきたしますよ」

「……そうね」

アリサの言うことはもっともだ。自分でもわかっている。最近、集中できていないと。そして、その原因もよくわかっていた。

なにをしていても、ふとした瞬間に脳裏に凌の姿がちらついてしまうのだ。まるで、恋に浮かれていた高校生の時のように。あまりにどうしようもない理由で、自分でも呆れてしまう。

「笑わないでくれる？」

手にしていたジョッキをテーブルに置いてアリサを見ると、彼女はずっと背筋を伸ばしてこくこくとうなずいた。

「気が付くとね、ある人のことを考えてしまっているの。……で、気が付いたら、ぼんやりしてる」

志穂の言葉に、アリサはびっくりしたように丸い目を更に丸くし、それからにんまり笑って何度も何度もうなずいてみせる。

「それって……もしかしなくてもあのイケメンさんがらみですね？」

今更アリサに誤魔化しても仕方ないと、志穂は深く息を吐き出した。

「うん……まあ」

「うっわー、いいなあ、いいなあ。思い出してぼんやりしちゃうほど、いい男なんですか？」

テーブルから身を乗り出すアリサの目は、隠しきれない好奇心できらきらと輝いている。そんな彼女の勢いに圧《お》されながら、志穂は眉を寄せて首を傾《かし》げた。

「……いい男なのかなあ？　意地悪ばっかりでちっとも優しくないし」

「でも気になると」

「気になるっていうか……」

そう言って志穂は視線をテーブルの上でさまよわせる。

「焦ってるのかも」

十年間頑張って女性らしさを身につけたはずだった。あの頃に比べたら、少しは変われたと、自信もあったのだ。

なのに、凌はそんな志穂のことを「つまらなくなった」と言い、昔と変わらない態度で接してくる。それでいて、訳もわからず時々イライラした様子を見せ、意地悪ばかり言ってくるのだ。

「焦る？」

アリサは、もっと色っぽい話が出ると期待していたのか、きょとんとした表情をしている。そんな彼女に、志穂はゆっくりと口を開く。

「だって……せっかく頑張ってきたのに、やっと報復できると思ったのに、全然上手《うま》くいかないんだもの」

「……は？　報復？」

疑問符を顔いっぱいに浮かべたアリサに、志穂は力強くうなずいた。

「そうよ、報復！　これまで必死に女らしくなろうと努力してきたのよ。なのに、先輩は全然私のこと女として見てくれないし……。十年も頑張ってきて、結局振り向かせられなかったら、私の今までの努力って一体なんなのよって話でしょっ」

自分の中にしまい込んできた気持ちを一旦口に出すと、堰《せき》を切ったように次々と溢れ出してきた。

でも、すぐに余計なことまで言ってしまったと後悔しはじめる。

「どういうことなんですか？　アリサ、よくわかんないんですけど」

アリサは驚いた、それでいて怪訝《けげん》そうな視線を志穂に向けてくる。

「ごめん。余計なことまで言ったわ。忘れて」

ばつが悪くなった志穂は、うつむきながらちびちびとビールに口を付けた。

できればこれで話は終わりにしたかった。凌とのことを全部話すということは、自分の器《うつわ》の小ささを告白することに他ならないから。

詰まるところ、十年前のことを根に持って、その元凶である凌にぎゃふんと言わせたいってことなのだから。

「ええっ、今更聞かなかったことにはなりませんよ？」

「ごめん、ごめん。そこをなんとか。あ、ここは私がおごるから」

そう言って手を合わせるが、アリサは納得がいかないとばかりに腕組みをしている。そして、ぼそっと呟《つぶや》いた。

「……まあ、別にいいですよ。志穂さんがなにも教えてくれないなら、相手の人に聞きますから」

「え？」

「時々、お店の前で待ってますもんね、あのイケメンさん。今度とっ捕まえて、あれこれ聞き出しますから」

にっこり。

アリサの小動物のように愛くるしい笑みに、志穂の背筋は氷水を掛けられたみたいに冷たくなった。可愛らしい笑顔の中で、目だけが「本気ですよ」と光っている。

「そ、それだけはやめて……っ！」

「志穂さんから色々お話聞いてますーって、話しかけてみようかな」

目を光らせて、アリサは嬉々としてそんな恐ろしいことを口にした。こうなってしまってはもう、どうすることもできない。志穂はがっくりとうなだれて降参した。

「……わかった。わかったから、やめて」

「わかってくれたなら、それでいいんですぅ」

そう言って、アリサは今度こそにっこりと微笑んで見せた。

「で、なんなんですか？　報復って。てっきりアリサは、志穂さんは恋愛関係で悩んでるんだと思っていたんですけど」

首を傾《かし》げてじっと見つめてくるアリサに、志穂は観念して「実は……」と口を開いた。

本当は誰かに聞いて欲しかったのかもしれない。相手にどう思われても、本当の自分を知ってもらいたかったのかもしれない。

志穂は順を追って、十年前の出来事、凌と再会して彼に報復しようと考えていること。でも全然上手《うま》くいかなくて、焦っていることをアリサに話した。

「正直、もう、どうしたらいいのかなんて、考えてもわからないんだけどね」

首を傾げたままじっと話を聞いていたアリサは、目をぱちぱちと瞬《またた》かせて口を開く。

「そうやって、毎日毎日、イケメンさんのことを考えているんですか？　ぼんやりして転んだりなにかに激突しちゃうくらい？」

「……うん、まあ、そういうことになるかしら」

「志穂さん、それはもう、恋ってことでいいんじゃないですか？」

「………………は？」

志穂が、たっぷり時間を掛けて出したのは、そんなマヌケな言葉だった。そんな志穂に、アリサは更に言葉を続ける。

「そんな一日中相手のことを考えているなんて、もうそれ恋ですよ、恋」

「い、いや、だからね、アリサちゃん……私の話、ちゃんと聞いてたかしら？　あの人は私に多大なトラウマを与えてくれた相手でね、どうにかして一矢報《いっしむく》いたいって話なのよ」

「じゃあ、志穂さんはその彼をぎゃふんと言わせたらそれで満足で、もう二度と会わなくってもいいってことですか？」

「……っ」

アリサの問いに、志穂は答えに詰まってしまった。

「どうなんです？　即答できないってことは、志穂さんだってそれは嫌だなって思ってるんじゃないですか？」

なにも答えることができず、志穂は長いため息をついた。

そうだ。確かに、アリサの言っていることを否定できない自分がいる。

万が一、凌が自分のことを好きになってくれて、付き合いたいと言ってきたら……

それを計画通り断った自分は、その後、「じゃあ、そういうことでさようなら」と、本当に言うことができるのだろうか。というより、そもそも断ることができるのか。

しかめっ面《つら》で、起こってもいない未来についてぐるぐる思考を巡《めぐ》らせている志穂を、アリサは悪戯《いたずら》な笑みを浮かべて見つめている。

「……志穂さん、なんだったら、ぎゃふんと言わせた後のイケメンさん、アリサに譲ってもらえません？」

「それはダメッ！」

思わず即答してしまい、志穂は両手で口元を覆った。けれど一度口から出てしまった言葉は取り消しようもなく……向かい側の席でアリサがにんまりと笑った。

「ダメなんですかぁ？　どうして？」

「そ、それは……」

——それは……それは……

本当はずっとわかっていたのかもしれない。でもそれを認めてしまうのが怖くて、ずっと目をそむけてきた。だから簡単には認められないのだ。認めていいのかもわからない。

「やっぱり志穂さんのそれは、報復なんて感情じゃないんですってば。いい加減、自分の気持ちを認めたらどうですか？」

「だって、アリサちゃん。私、報復目的であの人に近付いたんだよ。会う度に、どうやったら私のことを好きにできるだろうって、どうやったらより一層悔しい思いをさせてやれるだろうって、そんなことばっかり考えていたんだよ？　それが今更……好き……とか、勝手過ぎるじゃない」

凌に近付いた動機は不純だらけで、今更、愛だの恋だのと言えるはずがない。

——傷付けようとして近付いたのに……そんなの勝手過ぎる。

ここまできたら、さすがに自分の気持ちを認めざるを得ない。けれど、だからといって報復から恋愛へシフトチェンジするなんて自分勝手過ぎる気持ちを、簡単に認められないのだ。

「いやいやアリサちゃん……やっぱりそれはないわ。ないない」

「もう、志穂さんってば。本当に強情《ごうじょう》というか、生真面目《きまじめ》というか、融通《ゆうずう》が利かないんだから……」

「ごめんなさい」

志穂は咄嗟《とっさ》に謝り、しゅんと小さくなる。

そんな志穂に、アリサは「いいんです」と言いながら、手を振っている。年下のアリサのほうが、よほど年上に見える。

「志穂さん。自分のダメなところを認めるってのは、大事なことですよ」

そう言ってふんぞり返るアリサに、志穂は反論することもできない。

確かに十年前のことを根に持って報復を企《くわだ》て、それを実行する自分は、強情で生真面目で融通の利かない奴なのだろう。でもそれが自分なのだから、もう言い訳のしようがない。

「でも志穂さん。アリサは構わないと思いますよ？　別にいいじゃないですか。最初はどうであれ、相手のことが好きになっちゃったならそれで」

「アリサちゃん……」

「アリサだってありますよ。顔は全然好みじゃないんだけど、医者って肩書きに惹かれて相手の人に近付いたんです。お家は開業医だし、この人と結婚したら一生安泰《あんたい》ーとかって思って近付いたんですけどね、本当にいい人で、気が付いたら本気で好きになっちゃって。だから、別にいいじゃないですか。初めはどうとか、途中がどうとか。大事なのは結末です！」

志穂は、堂々とそう言い切るアリサに、少なからず感動した。

志穂はずっと、トラウマとなった「あの時の言葉」に囚《とら》われ続けていただけだ。挙げ句の果てに現在も未来もそれにがんじがらめにされ、切り離せなくなってしまっていた――

「いいのかな？　初めとか、途中とか、考えなくてもいいのかな？」

「いいんじゃないですか？　当人同士がそれでいいなら。ってアリサは思いますけどね」

「……そっか」

――今の先輩を好きだと思っても、いいのか。

ふと心に浮かんだ考えに、志穂はほっとした。そして、思っていた以上に安堵している自分に、驚く。この気持ちを認めたがっていた自分自身を、はっきり意識して焦ってしまう。

こんなに、自分は彼に惹かれていたんだと。

自覚した瞬間、志穂の頬がかあっと熱を帯びた。鼓動が一気に跳ね上がる。

「あら、志穂さんったら、顔が真っ赤ですよ。そんなに飲んでなかったのに、酔っちゃいましたあ？」

わかっているくせに、わざとそんなふうに言ってくるアリサを、志穂はぎろりと睨《にら》み付けた。

しかし、真っ直ぐ見つめ返され、ついどぎまぎと視線をさまよわせた。

「志穂さん、人生楽しんだ者勝ちですよ。難しく考えないで、楽しみましょうよ。ほらほら、眉間にしわが寄ってますよ。せっかくの美人が台無し！」

アリサが笑いながら手を伸ばしてきて、志穂の眉間に触れる。

「も、もうっ。大きなお世話よっ」

ぺしっと眉間に触れているアリサの手を叩き落とすと、志穂は目の前にある半分ほどビールが入っているジョッキを一気にあおった。

炭酸で喉がびりびりし、途中でむせそうになって涙が浮かぶ。それでも全部飲み干し、志穂は空《から》になったジョッキをどんとテーブルに置いた。そして、アリサを正面から見据える。

「ありがと、アリサちゃん。もう少し、シンプルに考えてみる」

――今度、素直な気持ちで先輩に会ってみよう。過去のことは全部一旦忘れて、今の自分が彼とどうなりたいのか、ちゃんと考えてみよう。

「それがいいですよー。ほらほら、新しい飲み物頼んで、シンプルを記念して乾杯しましょうよっ」

「なんだそりゃ」

「乾杯の理由はなんでもいいんですっ。ビールひとつお願いしまーす」

アリサが通りかかった店員にビールを注文し、すぐに冷えたジョッキが運ばれてくる。そうしてふたりは、「シンプルに乾杯」と笑い合ってジョッキを合わせた。

年下の子に過去のトラウマを告白し、呆れられ、お尻を叩いてもらって、情けなかったが、それ以上に心がずっと軽くなった。

「そうだ。ねえ、アリサちゃん。さっき話してくれたお医者さんとは、そろそろ結婚の話とか出ているの？」

自分の話ばかり聞いてもらったので、アリサの彼のことを聞こうと思ったのだが――

「は？　結婚？　お医者さんとは、とっくの昔に別れましたよ」

「え？」

「いやあ、本当に好きかもー！　って思ったんですけど、三ヶ月ほどでそれは勘違いだったって気が付いちゃったんですよね。彼はアリサの運命の人じゃなかったんですよ」

「へ、へえ……」

さっきしてくれたいい話は、一体なんだったんだろうと思いつつ、志穂はビールに口を付ける。

「えーと、じゃあ、今、彼氏は？」

「当然いるに決まってるじゃないですか！　アリサ、一人とか耐えらんないですから」

逞《たくま》しいというか、今を楽しんでいるというか……そんなアリサだからこそ、志穂のことがもどかしかったのだろうと、妙に納得してしまう。

「そっかあ、今度の彼氏は運命の人だといいね」

そう言った途端、それまでにこにこと笑っていたアリサの表情が一変した。晴れた空に真っ黒な雨雲がかかったかのような変化に、志穂は思わず手にしていたジョッキを落としそうになる。

「聞いてくださいよぉ、志穂さんー！　彼ったら、彼ったら酷《ひど》いんですから。私と付き合ってるのに、嘘ついて合コン行ってたんですよお。信じられます？」

「え……ええ？」

「酷いですよね？　裏切りですよね？　やっぱりまたハズレだったのかなあ」

テーブルに突っ伏し、口を尖《とが》らせて愚痴り出したアリサに、つい十数分前の彼女の姿が重なる。

──ああ、そっか。そういうことだったのね……

今日彼女が自分を食事に誘ってきたのは、きっと愚痴を聞いてもらいたかったのだろう。

なのに自分の愚痴を後回しにして、志穂の話を聞いてくれたアリサには感謝しかない。だから今日は、最後までアリサに付き合おうと心に決めた。

「まあ、でもほら、アリサちゃんだってこの前、合コンに行っていたじゃないの」

「アリサはいいんです！　絶対浮気しないからっ。でも男の人って浮気する生き物だって言うじゃないですかぁ～」

「そんなこともないと思うけどな」

「そんなこともあるんですぅ。だって、志穂さん、彼ってば……」

アリサの愚痴は、いつの間にかノロケに代わり、ノロケは脈絡もなく愚痴に取って代わる。そんなアリサとの食事は、閉店間際まで続いたのだった。

5　報復と恋は終わる

街灯が明るく照らす歩道を、志穂は重い足取りで歩いていた。

がさがさと音を立てる買い物袋は、それほどたくさん入っていないにもかかわらず、足取り同様、ずっしりと重たい。

志穂の前には、凌と……留奈が並んで歩いている。たくさんの荷物を詰め込んだ買い物袋をぶら下げている凌の隣で、留奈がぴょこぴょこと飛び跳ねていた。

――どうしてあの子まで……

志穂の口からは、ついため息が漏《も》れてしまう。

凌から連絡がきたのは、昨夜のこと。明日、仕事が終わったら、また一緒に料理をして夕食を取ろうという誘いだった。

その誘いを、志穂がどれだけ嬉しく思ったかしれない。

アリサに励《はげ》まされた日から、志穂は凌からの連絡をずっと待っていたのだ。

自分から連絡すればよかったのだけれど、どうしても臆病になってしまって、連絡できなかった。

今日こそは過去に囚《とら》われず、今現在の凌を見よう。そして、自分自身の気持ちに素直に向き合おうと思って、意気込んできたのに……

待ち合わせ場所の駅には、凌と、満面の笑みを浮かべて手を振る留奈がいた。

——どうして江藤さんが一緒にいるんですか？

今にも口から飛び出そうになるその言葉を呑み込むのが、どれほど大変だったか。

きっと、宣言通り、留奈が凌に一緒に参加させて欲しいとお願いしたのだろう。

——だとしたって、断ってくれたらよかったのに。ううん。せめて一言、先に私に言っておいてくれたら、心の準備ができたのに。

志穂の胸は、納得のいかないモヤモヤした思いでいっぱいになっていた。いや、納得がいかないと言うよりも。

——先輩にとって、私と会う約束は、会社の後輩を連れてきてもいいような、なんでもない予定だったのね。

そう思うと、胸の奥に鉄の塊《かたまり》があるかのように、胸が苦しくなった。

「森園さん、お疲れなんですか？　大丈夫ですか？　ほら、早くー」

留奈がそう呼びかけながら振り返る。その愛くるしい笑顔に、志穂の表情は微妙に歪《ゆが》んでしまった。だが、ここで志穂が大人げない態度を取ってしまったら、彼女を連れてきた凌の顔を潰《つぶ》してしまうかもしれない。

そう思えばこそ、笑顔を保とうとするのだが、どうしても上手《うま》く笑えなかった。

——わかっているんだけど……待ち望んでいた分、この状況はさすがに落ち込んじゃうわ。

小さくため息をついて、なんとか気持ちを奮《ふる》い立たせる。けれど。

「あ、相馬さん、待ってくださいよ。歩くの速過ぎです。森園さんが遅れちゃってるじゃないですか」

そう言いながら、留奈は凌の腕を掴《つか》んだ。凌が立ち止まって振り返っても、留奈は彼の腕を掴んだまま離そうとしない。

そんなちょっとしたことでも、胸の奥がもやっとして、必死に取り繕《つくろ》った笑顔が引き攣《つ》る。

先程立ち寄ったスーパーマーケットでも、留奈は始終この調子だった。凌の隣に陣取り、ことあるごとにべたべたくっつくのだ。

そうまるで、「相馬さんは私のものだ」と、志穂に見せつけるみたいに。

そんなふたりを後ろから眺め、何度唇を噛んだかわからない。

最初こそ、悪意のある捉《とら》え方ばかりすべきでないと考えようとした。きっと、誰に対してもあんなふうに距離感のない子なのだと……

けれど、ふたりを見れば見るほど、はっきりとこの感情は嫉妬なんだと、留奈を妬《ねた》んでいるんだと思い知らされることになった。

少し前から時々胸に湧き上がってきた、もやもやとした黒い感情の正体を、志穂はここにきてやっと、受け入れることができたのだ。

凌を目の前にすると、嫌というくらい思い知らされる。彼が好きなんだと。

「ごめんなさい。私、歩くの遅くって」

ふたりに小走りで駆け寄って、志穂は曖昧な笑みを浮かべた。そこで、自分を見つめる凌と目が合う。真っ直ぐに視線が混じり合い、志穂の心臓はドキッと大きな音を立てた。けれど。

——まただわ。

すっと凌に視線を外され、志穂の心は氷水を浴びたようにひやりとする。

待ち合わせ場所の駅で会ってから、凌の態度はずっとこんな感じだった。声をかけても冷たく短い返事が返ってくるだけ。目が合ってもすぐにそらされてしまう。にこりとすることもなく、表情は固いままだった。

——私、なにか怒らせることをしてしまったんだろうか。

もう何度目かになる問いを、志穂は自分の胸に問い掛けた。けれど、思い当たることはなにもない。昨夜の電話でも、不機嫌そうな様子は少しも感じなかったのに。

志穂から目をそらした凌は、さっさと歩き出し、留奈は「待ってくださいよ」と言いながら、凌に付いていく。その手は凌の腕を掴んだままだ。

ずきん、と、志穂の胸が痛む。何故だか涙が零《こぼ》れそうで、再び強く唇を噛みしめた。こんなところで泣いてはいけないと、ぐっと眉間に力を入れる。

そうして志穂は、ふたりの後についてゆっくりと歩き出した。


凌の部屋に着くと、留奈は「素敵ですね」とか「きれいにしてるんですね」とか言って、目をきらきらさせてあちこち見て回っている。

志穂が手にした買い物袋をキッチンへ運ぶと、同じように荷物を持った凌がそばにやってきた。

ただそれだけなのに、妙にそわそわし、どうしていいかわからなくなる。

話しかける言葉もすぐには出てこず、志穂はがさがさと買い物袋の中身を片付け出した。

「これもよろしく」

そう言って、凌は志穂の買い物袋の隣に、自分の持っていた袋をどさっと置く。

「は、はい。わかりました」

心臓がドキドキと自己主張をはじめ、それと相まって視界がぐらぐらしてくる。

「……あっ」

買い物袋から取り出したフルーツの缶詰を取り落とし、それはゴトンと重たい音を立てて床に落ちた。志穂は慌てて屈《かが》むと、ごろごろと床を転がっていく缶詰に手を伸ばす。志穂がそれを掴《つか》んだのと同時に、横から手が伸びてきて、缶詰ごと志穂の手を掴んだ。

自分の手を包み込む大きな手に、志穂は咄嗟《とっさ》に視線を上げる。そこには、身を屈めた凌の顔が、思ったより近くにあった。吐息がかかりそうな距離に、志穂の頭は一瞬で真っ白になる。

「すっ、すみませ――」

「志穂」

焦って引っ込めようとした志穂の手は、凌の手にしっかりと握りしめられてしまった。それでも手を引こうと力を込めると、更に強く握りしめられる。

「あ、あの」

キッチンの陰に隠れてるとはいえ、すぐ近くには留奈もいるのだ。こんなところを見られては、まずいのではないかと志穂はドキドキしてしまう。けれど、ドキドキしたのはそれだけが理由ではない。

　間近で志穂を見つめる瞳も、感じる吐息も、手の温《ぬく》もりも——凌の全てが、志穂の鼓動を高鳴らせる。再会してから、いや、十年前に遡《さかのぼ》っても、こんなに凌の存在を意識したことはなかったかもしれない。

「凌さん……あ、あの」

　手を離さなきゃ、でも離したくない。

　そんな相反する感情が胸の中でせめぎ合い、志穂は上手《うま》く言葉を発することができなかった。

「なあ」

　凌は、眉間にぎゅっと力を入れて、目を細めた。その顔は、やはりどこか怒っているように見える。

「志穂。お前、一体どういうつもりで——」

「相馬さーん、荷物どこに置いたらいいですかあ？」

　その時、バタバタという足音と共に、留奈の声が近付いてきた。その声にハッとして、志穂も凌もさっと手を引っ込める。

「あれ？　ふたりともどうしたんですか？」

　キッチンを覗《のぞ》き込んできた留奈に、志穂は床に転がったままの缶詰を拾い上げた。

「あ、あの、缶詰を床に落としてしまって」

「そうだったんですか。ところで相馬さん、バッグとかどこに置いたらいいですか？」

「……ああ、それだったら、適当にソファにでも置いといて」

「あと、よかったらパソコンの操作について、ちょっと教えてもらえませんか？　私、あんまり詳しくないのでお願いできると嬉しいんですけど」

怪しまれなくてよかったとほっとする。そんな志穂の横を、凌は留奈にぐいぐい引っ張られて行ってしまった。一瞬ちらりと視線を寄越した凌と目が合った。けれど、すぐにそらされてしまう。

その事実に少なからず傷付き、志穂は中途半端にしていた買い物袋の中身を出していく。

『志穂。お前、一体どういうつもりで――』

先程凌が言いかけた言葉。あの続きは、なんと言うつもりだったのだろうか。そんなことを考えながら、志穂は凌と留奈のいるほうをちらりと盗み見た。

「そうなんですね。こうやると速いんだ。さすが相馬さんですね。すごく勉強になりました！」

「お前、こんなのも知らなかったの？　作業しづらかったろ。そういうのは遠慮しないで早く聞けって」

「すみません。でも、よかったです、教えてもらえて」

「またわからないところがあったら、すぐ聞いてくれていいから」

「ありがとうございます」

なにやらパソコンを前に会話しているふたりに、言いようのない疎外感を感じる。

留奈の楽しそうな態度もさることながら、画面を指さしつつ丁寧に教えている凌の顔に、なおさらそう思えた。

――ああ、そうだった。先輩って、人にものを教えるの、上手《じょうず》だったよな……

ふと、そんなことを思い出す。昔からそうだった。志穂も十年前は、ストレッチの仕方から、腕の振り方まで、色々と教わったものだ。

「他は？　もう大丈夫？」

そう言って留奈に微笑みかける凌は、やはり志穂の知らない顔をしていた。落ち着きがあって自信に満ちていて、余裕や包容力を感じさせる顔。

きっとこれが、普段の彼の顔なのだろう。

――私の知っている先輩なんて、彼のほんの一部でしかないんだわ。

そう思ったら、またしても胸が痛くなってきた。挙げ句、今日自分は、ここにくるべきではなかったんじゃないかという気持ちにさえなってくる。この場に志穂がいなければと、凌や留奈が思っているんじゃないかと――

「……さん、森園さん？」

「は、はいっ」

名前を呼ばれ、志穂はびくっと肩を揺らした。声のしたほうを見ると、留奈がすぐ隣に立って首を傾《かし》げている。

「なにかお手伝いすることありますか？」

「え？　あ、そうですね。えーと、じゃあ、お米をといで炊飯器にセットしてもらえますか？」

「はーい」

元気に返事をし、お米をとぎはじめる留奈の姿を横目で見ながら、志穂はそっと息をついた。

どうにも自分の感情が上手《うま》くコントロールできない。

凌と再会してからずっと、会う時はいつもふたりきりだった。だから志穂は知らなかったのだ。

自分の中にある、ネガティブさや嫉妬深さを。

――ダメダメ！　つまらなそうにしていたら、変に思われちゃうじゃない。

「森園さん、今日はなにを作るんですか？」

炊飯器をセットし終えた留奈が、再び志穂の隣に並んで、キッチンに置かれた食材を見渡す。

「あ、もしかしてオムライスじゃないですか？」

「そうだけど、よくわかりましたね」

「わかりますよ。じゃあ、私、下ごしらえ手伝いますね」

言うが早いか、留奈は慣れた手つきで食材をさばきはじめた。

『料理全然できないから』

美容院で、留奈は確かそう言っていたはずだが、その手さばきはとても『全然できない』人のものではなかった。全然できないどころか、相当手慣れていると言っていい。

留奈は、鮮やかに危なげなく、次々と野菜をみじん切りにしていく。

「あれ、江藤。お前、料理は苦手だって言ってなかったっけ？」

凌もキッチンへやってきて、驚いたように留奈の包丁さばきを覗《のぞ》き込んでいる。

「こんなの、料理のうちに入りませんよ。ねえ、森園さん？」

にこりと微笑んで視線を寄越した留奈に、志穂ははっきりとした敵意を感じた。そして、彼女が自分にとってどれだけの脅威かを思い知る。

自分よりも普段の凌を知っていて、屈託なくて人懐《ひとなつ》っこくて可愛らしい。しかも料理までできるのだ。留奈は志穂の持っていないものをたくさん持っている。そんな相手を前にして、志穂は一体どうすれば優位に立てるというのか。

——もしかして私、遠回しに先輩に拒絶されているのかも……

不意にそんな考えが浮かんできて、志穂はぞっとした。

——お前だけが特別じゃないって、私に伝えようとしている？　じゃなかったら、わざわざ先輩に好意を寄せてる江藤さんをここに連れてくる理由がないじゃない。

志穂はひとりでどんどん疑心暗鬼に陥《おちい》っていく。そんなはずないと思いたいのに、否定できる情報がなにもないのだ。

その証拠に、凌はずっと不機嫌だし、留奈は笑顔で敵対心を露《あら》わにしてくる。それで、仲のいい姿を見せつけられては、そう思ってしまうのも仕方がない。

楽しそうに会話している凌と留奈を横目で見て、志穂は震える指先をぐっと握った。志穂の中で暗い想像が広がり、どんどん心を占めていく。

——先輩は昔から人気があったし、ライバルなんてどれだけいるかしれない。なのに、誘惑したくらいで、本当に私のことを好きになってくれると思ってた？　この子のほうが……可愛らしくて女の子っぽい江藤さんのほうが、よっぽど先輩の好みに違いないのに。私なんて、「女とは思えない」って言われてたというのに。

考えれば考えるほど、坂道を転がるように志穂の思考は暗いほうへ転がり落ちていく。もともと少ない自信はきれいさっぱり消え失せ、この場から逃げ出したくなってきた。

「……さん、森園さん？」

「えっ？　あ、はい」

腕に触れられ、志穂は飛び上がらんばかりに驚いた。声のほうを見ると、留奈が不思議そうに志穂の顔を見上げている。

「どうかしました？　顔色悪いですが、大丈夫ですか？」

「だ、大丈夫、です」

「本当に顔色悪いけど……熱でもあるのか？」

声と同時に視界いっぱいに大きな手のひらが入ってきて、凌の手が額に触れる。

「別に熱くはないみたいだけど。具合悪いなら、今日はもうやめて、家まで送って行こうか？　料理はまた次にすればいいわけだし」

突然温《ぬく》もりを感じて、志穂はその場でフリーズしてしまった。けれど、はっとして彼の手から逃れるように一歩下がる。

「い、いいえっ。大丈夫です。ホント、全然大丈夫ですっ」

「そうか？」

「はいっ。問題ありません」

「……ならいいけど」

志穂に伸ばされたままの凌の手が、今度はぽんと頭にのせられた。しかも、優しい笑顔付きで。

それだけで、志穂の心臓は壊れんばかりに激しく高鳴る。

体の関係もあるというのに、何故だか今まで以上にドキドキしてしまった。

それはきっと、志穂の気持ちがこれまでと違うからだろう。

「森園さん、本当に無理しないでくださいね。私が頑張りますから」

苛立った響きを隠しきれない留奈の声に、志穂はにっこりと微笑み返した。

「大丈夫ですよ。じゃあ、次に取りかかりましょうか」

拒絶されているのかもしれないという疑念が、完全に消えたわけではない。それでも現金なもので、暗く沈んでいた気持ちが急浮上していた。

――心配してくれた。また次って言ってくれた。大丈夫、嫌われているわけじゃない、きっと。

あんな些細《ささい》なことで、落ち込んだり、喜んだり……まるで凌のことばかり考えていた高校生時代に戻ったようだ。

これまで付き合った男の人に、ここまで激しく感情を揺さぶられたことはなかった。

だとしたら……

――結局は私、ずっと先輩のことが好きだったのかもしれない。

そんなことに今更ながらに気付く。

トラウマに囚《とら》われているんだと、ずっと、今の今まで思っていた。だけど、これは彼への未練だったのだ。凌に女だと思ってもらいたくて、振り向いてほしくって、だから努力してきたのだ。もう二度と会えなくても、それでも、あるかどうかもわからない『いつか』のために、志穂はずっと頑張ってきたのだろう。

――だったら、ここで逃げ出したりしたら、自分の十年間を無駄にしてしまうことになるじゃないの。それは、ダメ。結果はどうあれ、ちゃんとぶつからなくちゃ。

決心したら、急に胸がすっと軽くなった気がした。

志穂が留奈に嫉妬したところで、結局、最後に決めるのは凌なのだ。だから、どんなに妬《ねた》んだって僻《ひが》んだって意味がないのだと。

「……っ、痛ーいっ。相馬さん、指切っちゃいましたぁ」

人さし指を口に含み、留奈が潤《うる》んだ瞳で凌に身を寄せる。

その途端、軽くなったはずの胸に、一瞬にして黒いもやもやが――嫉妬心が湧き上がり、志穂のこめかみがぴくりと引き攣《つ》った。

「あらら、大丈夫ですか？　私、絆創膏《ばんそうこう》持ってますよ。ほらほら、まずは傷を洗い流してください。で、きれいに拭《ふ》いて絆創膏貼っておけば大丈夫ですからね」

大人げないと思いつつ、さっさとふたりの間に割り込んで、留奈の指先を処置する。包丁を使い慣れていない凌のため、絆創膏をいつもポケットに入れておいて本当によかったと思った。

留奈の傷は、指先にちょっぴりだけだ。

凌に構って欲しい、心配されたい、優しくされたい……そんな留奈の気持ちは、志穂にもわからないではない。というより、心底わかる。だからといって、黙って見ていることはできないのだ。

自分の気持ちに気付いてしまった以上、無関心でなどいられない。

「ありがとうございます」

絆創膏を貼られた指先をかばいながら、留奈がにっこりと微笑んだ。

「どういたしまして。気を付けてくださいね」

志穂もにっこりと微笑み返す。ふたりの間に、バチバチと火花が散った気がしたのは、志穂の気のせいだろうか。

「じゃあ、俺が代わりにやろうか？　江藤は休んでろよ」

さっきまで留奈が握っていた包丁を、凌が手にする。

「これ、みじん切り？」

「あ、はい」

「えーと、こんな感じだっけ？」

「だ、だから、凌さん。猫の手ですってばっ。それ、本当にいつか指なくしますよっ」

ピーマンを押さえる手があまりにも危なっかしくて、志穂は横から慌てて声をかけた。

「ああ、そうだっけ。こう？」

「そうです。嫌ですからね、大怪我の処置なんて。私できませんからねっ」

「今のうちに、応急処置のノウハウを身に付けておいてくれよ」

「なにをバカなこと言ってるんですか？　自分でどうにかしてください」

「……冷たいな」

「知りません」

凌からは、さっきまでの不機嫌さが消え去り、気付けばいつもの調子で会話していた。そして、どちらともなく笑みを零《こぼ》す。

ただそれだけのことが、志穂にはとにかく嬉しかった。

「じゃあ、怪我しないように頑張ってくださいね」

「わかった」

真剣にピーマンと格闘しはじめる凌を確認し、フライパンの準備をしようとしたら、少し離れたところからこちらを見ている留奈に気が付いた。

唇をぎゅっと引き結び、眉間に力を入れている表情は、まるでついさっきまでの自分だと思った。

疎外感に苛《さいな》まれ、卑屈《ひくつ》になっていたさっきまでの自分。

「あの、江藤さん。怪我が大丈夫だったら、炒めるのお願いできませんか？」

「……え？　あ、はい」

志穂が声をかけると、留奈はぱっと顔を上げ、少し戸惑ったようなそれでいてほっとしたような表情を浮かべて歩み寄ってきた。

「あ、そこの戸棚にフライパンが入っているんで」

「わかりました」

留奈はそう言うと、てきぱきとフライパンを用意して、先に切っておいた鶏肉を炒めはじめる。

その姿を見て、志穂は安堵していた。

留奈はライバルではあるが、あんな顔をしていて欲しくないと思ってしまったのだ。お人好しとか偽善者とか思われるかもしれないが、それでも彼女の辛い気持ちがわかるから、放っておけなかった。

「凌さん、みじん切り、できました？」

「できてるけど」

「……それ、できているうちに入りませんが……。ねえ、江藤さん」

「……うわー、相馬さんってもっと器用なイメージがあったんですけど、酷《ひど》いですね」

「お前達、それはどういう意味だ？」

みじん切りよりは乱切りに近いピーマンに、志穂と留奈は顔を見合わせて笑った。そんなふたりに凌は「これで十分だろ」とかなんとか、ぶつぶつ文句を言いながら不満げな顔をしている。

それから具材を全部炒めて、ケチャップライスを作った。

「でき上がりました」

上に載せる卵は各自で作った。

志穂は大体成功。留奈はやはり腕に覚えがあるのか、完璧なふわとろ。凌に至ってはスクランブルエッグだった。

その出来映えに納得いかないのか、ダイニングテーブルに着いた凌は、腕を組んで顔をしかめている。そういえば高校の頃も、納得のいくタイムが出ない時は、よくこんな顔をしていたっけ……と、志穂は懐かしい気持ちで凌を見ていた。

ダイニングテーブルにはオムライスと、留奈が余り野菜を使い、さっと作ったスープが並んでいる。その手際のよさに、やはり留奈は相当料理の腕が立つんだと、志穂は確信していた。

それでも「料理を教えて欲しい」と志穂に言ってきっかけを作りたいくらい、凌のことが好きなのだろう。

少し前なら、勝ち目がない勝負なんてトラウマが増えるだけだから……と逃げていたかもしれないけれど、今はもう、逃げるつもりはなかった。

「いただきます」

三人で手を合わせてそう言った後、凌の隣に座った留奈が、さっと自分の皿と凌の皿を交換した。

「相馬さん、よかったら私のと交換していただけませんか？　私、焦って半熟の状態でお皿に移してしまったんですけど……本当はしっかり火の通ったほうが好きなんです」

「え？　でもこれ、店で出てきてもおかしくない出来に見えるけど……まあ、火が通ってるほうがいいなら、どうぞ」

「ありがとうございます！」

そのやりとりを、志穂はぽかんと口を開けて眺めていた。

留奈の作ったものは、凌の言う通り店で出てきてもおかしくないくらいに、完璧そのものだった。

それを凌のどう見ても失敗作と取り替えるなんて。

「うわあ、相馬さんの作ったオムライス、とっても美味《おい》しいです」

大げさな、と思うくらいに留奈は美味しそうにオムライスを頬張った。

「そんなんで美味しいって言ってもらえてよかったよ。江藤のもすごく美味《うま》いわ」

褒《ほ》められたことが嬉しいのか、凌は照れくさそうに言って、留奈の作ったオムライスを口に運ぶ。

志穂はそんなふたりのやりとりを眺めながら、落ち込む気持ちをどうすることもできなかった。

無意識にため息が零《こぼ》れてしまう。

留奈の自然な心遣いは、志穂にはとても真似できない。どれだけ外見や仕草を女性らしくしても、本質的なものまでは変えられない。女性らしい人というのは、留奈のように自然な心遣いができる人のことを指すのだろう。

――だとしたら私、どうやったって江藤さんには敵《かな》わない。

ぶつかるしかないとか、立ち止まっていられないとか、さっきまで本気で思っていたのに、その気持ちが情けないほどあっという間に萎《しぼ》んでしまう。

それどころか、並んでにこやかに食事をする凌と留奈を見ていると、これこそが正しい組み合わせなんじゃないかとすら思えてしまうのだ。

――ああ、ダメダメ。こんなこと考えたって仕方ないって、わかってるのに！

余計な考えを追い出すように、志穂は目の前のオムライスを掬《すく》って口に運ぶ。

「相馬さん、お水持ってきましょうか？」

「悪いな」

「いいえ」

目の前のふたりのやりとりに、胸の奥が鈍く痛んだ。そして、いつしか「怖い」という気持ちに支配されていく。凌に受け入れてもらえないことが、怖い――

今まで本気で恋愛なんてしてこなかった。付き合った元彼とも、どこまで本気だったのかわからない。別れた時だって、これほど胸は痛くなかった。多分傷付くこともなかったと思う。

この年までまともに恋愛をしてこなかった人間が、今になって本気の恋に目覚めてしまった……だけど、恋愛なんて上手《うま》くいくことのほうが少ないんじゃないのか。志穂のこの想いだって、成就する可能性はそれほど高いとは思えない。

――ああ、だからどうしてネガティブなことばっかり考えちゃってるのよ。そんなのやってみないとわからないじゃない。またなにもせずに逃げ出すの？　この十年を無駄にして？

自分にそう、問いかけてみる。だけど……

『女とは思えない』

再びあの時と同じ胸の痛みに耐える自信など、志穂にはない。

今でもはっきりと思い出せる胸の痛みを、再び感じてしまったら……。果たして、立ち直ることができるのだろうか。

「志穂、お前も水飲むか？」

「え？　あ、はい。ありがとうございます」

「ん」

凌に差し出されたグラスを受け取り、それにミネラルウォーターが注《つ》がれる。

「……っあ」

しかし、ぼんやりした志穂の手から力が抜け、グラスから水が零《こぼ》れた。

「おい、気を付けろよ」

「私、布巾《ふきん》持ってきますね」

そう言って留奈がさっさと席を立つ。

「ごめんなさい」

志穂は情けなくなってグラスを置いて俯《うつむ》いた。

「志穂」

正面に座った凌から小さな声で呼びかけられ、志穂は弱々しく視線だけ彼に向けた。

「お前、なにかあったのか？　今日はなんか変だぞ」

凌は留奈に聞かれないように、テーブルから身を乗り出してひそひそと聞いてくる。

「なにかあったら、ちゃんと言えよ」

そう言って穏やかに微笑む凌を見ていると、志穂の胸はぎゅっと切ない音を立てた。いつもは意地悪ばかりなのに、こんなふうに優しくされると戸惑ってしまう。

「森園さん、大丈夫ですか？　どこも濡れませんでした？」

「大丈夫です。すみません」

留奈がキッチンから持ってきた布巾で、テーブルの上を拭《ふ》いてくれる。志穂はそんな留奈に頭を下げながら、ちらりと凌を窺《うかが》った。凌は口元に笑みを浮かべ、志穂にだけわかるように小さくうなずく。

『なにかあったら、いつでも俺に言うんだぞ』

と言ってくれているように思えて、嬉しくて涙が出そうになった。そして同じくらい怖くも感じるのだ。

一緒にいて、優しくされるのを幸せだと思う気持ちは、失って悲しくて辛い気持ちときっと比例するに違いない。

考えないようにすればするほど頭の中を占める思考に、志穂はオムライスの味などまったく感じることができなかった。

食事を終え、片付けを全て終えた頃にはもういい時間になっていた。全員明日も仕事があるため、早々に解散することになった。

「それじゃあ、相馬さん。今日はどうもありがとうございました」

志穂は、そう言って頭を下げる留奈と、凌の家の玄関に立っている。

「ああ、気を付けて帰れよ」

「はい。じゃあまた明日、会社で」

「ああ。志穂もまたな」

「はい。お邪魔しました」

志穂もぺこりと頭を下げ、留奈とふたりで凌のマンションを出た。留奈とは駅までは一緒だが、電車は逆方向らしい。そのことに少なからず志穂はほっとしていた。

話すことも浮かばないし、これ以上留奈の女性らしさを見せつけられて、落ち込むのも嫌だった。駅までの短い道のりも気が重かったのだが、留奈は意外にも楽しそうだ。

「森園さん、今日は楽しかったですね」

今にも鼻歌を歌い出しそうな様子で、留奈が声を掛けてきた。

「そう、ですね」

それに対して志穂は、曖昧な答えしか返すことができない。楽しいとか楽しくない以前に、色々余計なことを考え過ぎて、頭の中がぐちゃぐちゃになっていた。

「またこうしてご一緒させてくださいね」

「……そうですね」

さすがに「嫌です」とは言えず、やはり志穂は曖昧な笑みを浮かべる。

そのまま会話は途切れてしまい、辺りにはふたりの足音だけが響いた。話すことなどひとつも思い浮かばない。当たり前と言えば当たり前だ。留奈と会うのは今日で二度目なのだから。

しかし、話題は浮かばないものの、志穂は次第に沈黙に耐えられなくなった。必死に話題を探し口を開こうとしたら、留奈が先に口を開く。

「あの、森園さん」

「はっ、はい」

多少ほっとしながら、一体なにを言われるのだろうと身構える。

「その、森園さんって相馬さんと付き合ってるんですか？」

「え？　い、いえ。付き合ってません。私達はそんなんじゃ……っ」

あえて避けていた凌の話題に、志穂の心臓は勝手に反応し、バクバクとものすごい勢いで鼓動しはじめる。情けないいくらい動揺し、言葉の最後のほうで舌を噛んでしまった。

「そんなんじゃ、ないですから」

今度は落ち着いて、ゆっくりと志穂はそう言う。

嘘でも「付き合ってます」とか言って、留奈を牽制《けんせい》したい気持ちも正直あった。けれど、そんな嘘はきっとすぐにばれる。というか、留奈は志穂と凌が付き合っていないと確信しているからこそ、今日ここにやってきたのだろう。

だからきっと、留奈は志穂の気持ちを確かめたいのだ。

志穂が凌に対して、恋愛感情を持っているのかどうか。自分の敵になる人間なのかを。

「そうなんですか。森園さんは、相馬さんのこと、どう思っているんですか？」

「……っ」

やっぱりそうきたかと思いながら、志穂は言葉に詰まってしまった。

堂々と「好きです」と言ってやればいいのかもしれない。だが、当の本人にもまだ伝えていない気持ちを、留奈に先に伝えることに戸惑いを覚えてしまう。

「高校の頃、部活だけの付き合いしかなかった先輩と後輩が、十年経って恋愛感情もないのに頻繁《ひんぱん》に会ったりするものですか？」

「それは」

「それは？」

志穂が本心を言わない限り、留奈は納得しない気がした。でも、こんな大切なことを、凌以外の人に言いたくない。

「そんなこともあるんじゃないですか？　十年も経てば人間変わりますから。当時はそれほど親しくなくても、今なら気が合うってこともあるんじゃないでしょうか」

「……そういうものでしょうか？」

「わからないですけど、ないとは言い切れませんよ」

留奈は納得のいかない顔をしているが、それでもこの場はなんとか誤魔化せたと志穂はほっとする。けれど、留奈はなおも食い下がってきた。

「そういう関係があるのはなんとなく理解しました。でも、森園さん自身は、相馬さんのことをどう思っているんですか？」

誤魔化すのは許さないとばかりに、真っ直ぐに見据えられる。

「それは、江藤さんに言うべきことじゃないと思います」

留奈の視線を真っ向から見つめ返し、志穂ははっきりとそう言った。

志穂の想いは志穂の胸の中にだけあればいい。そして、伝えたい相手にだけ、伝えるのだ。

それを聞いた留奈は、ぎゅっと唇を噛んで顔を歪《ゆが》めた。けれどすぐにその表情を消して、にこやかな笑みを浮かべる。

「そうですよね。すみません。変なことを聞いちゃって」

「……いえ」

それだけ答えると、再び会話が途切れてしまう。訪れた沈黙は、一層重苦しさが増した気がした。

——ああ、気まずいなあ。

そう心の中で呟《つぶや》きながら、志穂は無理して話題を探すのをやめた。駅はもうすぐだ。駅に着いてしまえば、彼女とは別れられるのだから。

ようやく駅が見えて、志穂が走り出したい衝動をぐっと抑えた時だった。バッグの中から、聞き慣れた着信音が響いているのに気付く。

「ちょっとごめんなさい」

志穂はそう言って立ち止まると、慌ててバッグから携帯を取り出した。液晶画面には『相馬凌』の名前が表示されていて、咄嗟《とっさ》に留奈から離れて電話に出る。

「もしもし」

心なし声が小さくなってしまうのは、留奈に電話の相手が凌だと気付かれたくないからだ。こちらを見ている留奈に、背中を向ける。

『もしもし、志穂、今どこ？』

携帯から聞こえてくる凌の声に、少しだけ緊張してしまう。

「今ですか？　もうすぐ駅に着きますが……」

『お前、財布忘れてるけど』

「え？　うそっ」

志穂は思わず小さく叫び、肩と耳で携帯を挟んだ状態でバッグの中を漁《あさ》った。確かにそこに志穂の財布はなかった。

そういえば、食材の費用を割り勘しようとして、バッグから財布を出したのを思い出す。

――おかしいな。確か、バッグにしまった気がしてたんだけど。いや、でも実際入ってないってことは、どこかに出しっ放しにしてたのよね。

「すぐに取りに行きます。それないと困るんで」

『ああ、わかった。待ってるわ』

志穂は通話を終了させると、携帯をバッグに押し込んで留奈を振り返った。

「どうかしたんですか？」

「すみません、私、凌さんの家に財布を忘れてしまったみたいで……。だからちょっと取りに行ってきます」

志穂がそう言うと、留奈は一瞬、訝《いぶか》しげな表情をした。もしかしたら、志穂がわざと凌の家に財布を忘れてきたのではないか……と思ったのかもしれない。

「じゃあ、私も一緒に」

その一言で、やっぱりわざとだと思われているんだろうと確信した。けれどもう、いちいち否定する気にもならない。誤解するなら、誤解してくれていい。

どう思われても構わないから、凌と会うのを邪魔しないで欲しい。

「駅はすぐそこなんで、江藤さんは先に帰ってください。私、陸上部だったんで、足は速いんです。だからひとっ走り行ってきますんで」

志穂の気持ちとしては、留奈がそれでも「一緒に行く」と言ったとしても、ひとりで凌の家まで走って行く気でいた。ブランクはあるが、それでも留奈よりは速いだろうから。

「……わかりました。じゃあ、私はここで。今日はありがとうございました」

志穂の予想に反して、留奈はあっさりと引き下がり、ぺこりと頭を下げる。

そんなふうにされると、意地悪な自分の考えがなんだか恥ずかしくて申し訳なく感じてしまった。

だから、志穂も慌ててぺこりと頭を下げる。

「あの、江藤さんもお気を付けて」

「はい」

「それじゃあ」

もう一度頭を下げ、志穂は踵《きびす》を返した。駆け出そうとした背中に「森園さん」と留奈の声が掛けられて、志穂は振り返った。

そこには、どこか思い詰めたような表情をした留奈がいる。

「……なんでしょうか？」

留奈はうろうろと視線をさまよわせると、迷いを含んだ視線を志穂に向けた。

「あの、実は……」

そう言って、留奈はぽつぽつと話しはじめた。

凌のマンションには、もう何度もきているのに、ひとりで中に入るのは初めてだった。すっかり覚えてしまったオートロックの暗証番号を押し、志穂は凌の部屋のある三階に向かった。部屋の前でチャイムを鳴らすと、すぐに大きくドアが開かれる。

「遅かったな。入れよ」

そう言って迎え入れてくれたのは、さっきとなんら変わらない凌だ。この部屋を出てからまだ数分しか経っていないのだから、当たり前と言えば当たり前なのだが……。でも、光の加減のせいだろうか。志穂には凌の顔がよく見えなかった。

「なにしてる？　せっかくきたんだから、中に入ってコーヒーでも飲んでいったら？　すぐに淹《い》れるから」

「……はい」

促《うなが》され、志穂は再び凌の部屋に入る。そしてソファにちょこんと腰掛けた。

「どうぞ」

「ありがとうございます」

既に用意していたのか、凌はすぐにコーヒーの入ったマグカップを手渡してくる。差し出されたマグカップを受け取ると、凌は志穂の隣に腰掛けてきた。

志穂は渡されたマグカップに口を付けることなく、じっと中の黒い液体がゆらゆら揺れるのを眺めていた。揺れる度表面に映り込んだ自分の姿が、いびつに歪《ゆが》む。

「ほら、忘れ物」

その言葉と共に、目の前に財布が差し出された。志穂はマグカップをサイドテーブルに置くと、「ありがとうございます」と、のろのろした動作で財布に手を伸ばす。けれど財布に指が触れる前に、それはひょいと持ち上げられてしまった。

「あの……」

「すぐには返さない。お前、どうして今日、江藤を呼んだりしたんだよ」

「は？」

視線を向けると、凌は財布を持った手を志穂には届かないように高く掲《かか》げ、口元をむっと歪めている。不機嫌というよりは面白くないといった表情だ。

「なんの話ですか？　私が江藤さんを呼んだって……」

志穂の言葉に、凌は目を瞬《またた》かせた。

「なにって、お前。江藤が『森園さんから是非一緒にって誘われた』って言うから、俺は今日あいつを連れてきたんだろ？　いつの間に連絡取り合う仲になったんだ？」

ああ、そういうことだったんだ。と、志穂は納得した。けれど、それももう、どうでもいい。

「私は誘ってませんよ。江藤さんは、一度美容室にきてくれただけで、私は連絡先も知りません」

「じゃあ、なんであいつそんなことを……」

――それは先輩のことが好きだからに決まってるじゃないですか。

そんな簡単な答えもわからないのか、と志穂は思った。だけど、教えてなんかやらない。

「……昔からそうですよね、先輩は。女性の気持ちとか、全然わかってなくて。……っ」

べしっと指で額を弾かれ、志穂はぼんやりした視線を上げた。

「先輩って言ったら、デコピンするって言っておいただろ？　まったく、いつまで俺の後輩のつもりでいるんだ」

凌はソファの背もたれに両手をつき、その間に志穂を閉じ込める。今にも顔が触れそうな距離感だったが、志穂の心臓は高鳴ることなく、鈍く痛んだ。凌を見ることができず、志穂は顔をそむけて視線を外す。

「あの、財布を返してもらえませんか？」

志穂は小さな声でそう言った。そんな志穂に、凌は僅《わず》かに片眉を上げる。

「……お前、なんなの？　どうしてさっきから目をそらす？」

「あ……っ」

凌の端整な顔が更に近付き、間近から顔を覗《のぞ》き込まれる。反対へ顔をそむけようとしても、再び凌は志穂の顔を覗き込んできた。

「志穂……。お前、なんで目をそらすんだよ」

凌は一見笑っているように見えるが、こめかみがひくついている。苛立ちを必死にこらえていることが容易に想像できた。それがわかっても、志穂はこの状況を取り繕《つくろ》う気にはどうしてもなれない。

いや、もう取り繕《つくろ》う必要がない……？

どちらを向いても凌が視線を合わせようと顔を覗《のぞ》き込んでくるので、志穂は自然と深く俯《うつむ》いた。

「なにかあったのか？」

凌の問いかけに、志穂は押し黙る。口を開いてしまえば、なにを言い出すかわからない。だから、最低限の返事だけで、自分を抑え込む。

じっと俯いていた志穂の視界に、床に転がった財布が飛び込んでくる。きっと凌がソファに置いたのが、転がり落ちたのだろう。

両サイドは凌の手で囲い込まれているが、下にはまだ逃げるスペースがある。志穂はさっと身を屈《かが》めて凌の腕から逃れると、財布を掴《つか》んだ。そのままカーペットを這《は》っていき、少し離れたところで立ち上がった。

「財布は受け取ったので、私はこれで失礼します」

ぎゅっと胸に財布を抱いて、ちらと凌を振り返ると、彼はもう不機嫌を隠そうともせず、目を細めて志穂を睨《にら》み付けている。

「……へえ」

聞いたことのない低い声を出すと、凌はソファに深く腰掛けて志穂を真っ直ぐに見据えた。

「またそうやって、俺から逃げるってわけだ」

「逃げる？」

志穂は反射的に身構えた。彼がいつのことを言っているのか、聞かなくてもわかる。間違いなく十年前のことだろう。

「そう。十年前、お前はなんの前触れもなく、本当に消えたみたいに突然いなくなっただろ？」

凌にしてみれば、確かになんの前触れもなかったと感じたかもしれない。けれど、志穂をそうさせたのは凌だ。

志穂があの時、どれだけ傷付いたのかも知らないくせに。

「……なにも、わかってないくせにっ」

怒りとか悲しみとかがごちゃ混ぜになった感情が胸で弾け、志穂は考えるより先にそう叫んでいた。

胸が詰まって呼吸が苦しくて、大きく肩を喘《あえ》がせる。

突然、声を荒らげた志穂を、凌は目を見開いて驚いたように見つめた。そして、大きく息を吐き出して静かに語りかけてきた。

「……志穂、俺はなにをわかってないんだろうか。原因があるなら、それが俺のせいなら、きちんと知りたい」

「そ、それは……」

知っているくせに、わかっているくせに。志穂は心の中で何度も叫んだ。

「俺はちゃんとお前と向き合いたいと思ってる」

凌はそう言って立ち上がると、志穂の手を握りしめてきた。

「またあの時みたいに逃げられるなんてごめんだ。せっかくこうしてお前の手を掴んだのに。なあ志穂」

真っ直ぐに自分を見つめる凌の瞳から目をそらせない。逃げ出したいのに、手を振り払いたいのに、全身が石になったみたいに動けなくなった。

「お前が好きなんだ」

――嘘！

心の中で血が滲《にじ》みそうな悲鳴が上がった。

「志穂？」

そらされることのない真っ直ぐな瞳は真剣そのもので……言葉のままに信じてしまいたくなる。言葉のまま、信じてしまったほうが幸せな気がする。けれど。

――全部嘘だって、私は知っているんだから！

つい数分前、志穂を呼び止めた留奈の言葉が蘇《よみがえ》る。

『相馬さんには気を付けてください』

彼女の言葉が次々と頭の中に浮かんでくる。

『私、聞いたんです。森園さん、高校のころは今と違って男っぽかったんですよね？』

『女性らしく振る舞ってるけど、本質は変わってないって。どれだけ頑張っても隠しきれていないって』

『あいつを好きな振りをしたら、どう思うだろう。そう言ってました』

『十年前、突然避けられて腹が立ったから、報復してやるんだって……』

次々と耳の奥でリピートされる留奈の声に、志穂はぎゅっと目を瞑《つむ》った。

彼女の言葉なんて信じる必要はないと、最初は思った。凌に想いを寄せている彼女が、嘘をついて志穂を遠ざけようとしているのかもしれないと。

けれど、留奈の言葉は、過去のことを知らなければ、到底出てこないものだった。留奈が同じ高校の後輩とは考えられない。たとえそうだったとしても、凌と志穂の間にあったことを知っているはずがないのだ。

だとしたら、彼女がそれを知っている理由はたったひとつ。

直接、凌に聞いたとしか思えなかった。

それに、留奈にその話を聞かされた時、すんなりと納得してしまった自分もいた。何故なら、報復と言っていたのは、ついこの間までの自分も同じだから。

だから凌がそう考えていてもおかしくないと、妙に得心してしまった。

「……なんか言えよ」

じっと自分を見つめてくる凌の視線から逃げるように、志穂は深く俯《うつむ》いた。握られた手が更にきつく握りしめられ、ぐいっと引き寄せられる。しっかりと手は握ったまま、もう片方の腕が志穂の体をそっと包み込んだ。

すっかり覚えてしまったその体の温《ぬく》もりに、目眩《めまい》を覚える。

——先輩を信じたい。でもだったらどうして彼女はあんなことを知っていたの？　この温もりに包まれていたい。でも受け入れた途端、彼は私を突き放すかもしれないんだ。

凌を信じたい気持ちと、信じられない気持ちの間で、志穂の心はぐらぐらと揺れた。けれど、彼の温《ぬく》もりに包まれているうちに、信じたい気持ちのほうが強くなってくる。

——そうよ、報復なんて作り話だわ。さっきだって、優しく私を心配してくれて、なにかあったら言えよって言ってくれて……

再会してから今までのことを思い返し、彼にそんな素振りはなかったと思おうとした。だけど。

——そんな素振り、あったじゃない。

記憶を辿《たど》るうちに背筋が冷たくなっていくのを感じた。目眩《めまい》がどんどん酷《ひど》くなっていく。

そう。時々、凌が苛立った表情を見せることに、志穂だって気が付いていた。突然訳もわからず見せる、苛立ち。

それはもしかして、志穂を憎く思う気持ちが表情に出てしまっていたのだとしたら……？

さっきの優しさだってそうだ。

普段は意地悪なくらいなのに、どうしてさっきはあんなに優しかったのだろう？

あの時思った違和感の正体は、これが理由だったんじゃないんだろうか。

思考の全てが一気に悪いほうへ流れていく。それはすぐに大きなうねりとなって、あっという間に志穂を押し流した。

「先輩」

「ん？」

「先輩はどうして、私といる時、苛立った顔をするんですか？」

目眩をこらえながら、志穂はやっと震える声を押し出した。どんな答えが返ってきたら凌を信じられるのかはわからなかったが、一欠片《ひとかけら》の希望を託す。

「……そんな覚えはないけど？」

そう答えた凌の声は明らかに嘘とわかる響きを含んでいた。志穂はぎりっと奥歯を噛みしめて、誤魔化されたことが全ての答えなのだと思った。

——やっぱり、全部が嘘なんだ……

そう思った途端、再会してから今までの全部が歪《ゆが》み、全てが嘘にしか思えなくなる。優しい言葉も、笑顔も、温もりも、全部全部……

「……ふ」

気が付いた時、志穂は無意識に口元に笑みを浮かべていた。自分でもどうして笑っているのかわからない。でもきっと、笑わなければ、泣いてしまいそうだったからかもしれない。

「志穂？」

突然肩を揺らして小さく笑い出した志穂に驚いたのか、凌は少しだけ体を離し、身を屈《かが》めて顔を覗《のぞ》き込んでくる。

本気で心配されていると錯覚してしまいそうなほど、真剣な眼差しに見つめられて、口元が歪んでしまう。これ以上近くにいたら凌を信じたくなってしまう。

けれど信じた後に裏切られたら……考えるだけで身が引き裂かれそうだ。そんな苦しみには、とても耐えられない。もう傷付きたくない。

そう思った志穂は、次の瞬間、握られた手を強く振り払い、凌の体を思い切り突き飛ばしていた。

「……嘘はもうたくさん」

「嘘って、俺は本当にお前と付き合いたいと思って――」

「お断りします、先輩。私、あなたのことを男とは思えませんから」

そう言うと志穂は、凌の顔を見ることなく部屋を飛び出した。

引っかけただけの靴が途中で脱げそうになり、何度もつまずきそうになった。走っているうちに涙がぼろぼろと溢れ出し、嗚咽《おえつ》が漏《も》れ呼吸さえもままならない。

足の痛みと呼吸の苦しさが志穂を苛《さいな》んだが、それでも立ち止まることなく走り続けた。

もっと苦しくて痛くなればいい。そう、志穂は思った。

その苦しさと痛みで、壊れそうな胸の痛みが少しでも紛れるならと。

6　この恋はトラウマにしない

翌朝、いつものように目覚ましのアラーム音が部屋に鳴り響いた。志穂はベッドにもたれかかったまま、アラームを止める。カーテンの隙間から差し込む光が、一睡もできず弱った志穂の目には眩《まぶ》し過ぎた。
あれから――凌の部屋を飛び出してから、志穂は電車に飛び乗りなんとか自宅にたどり着いた。

正直、電車を降りてからの記憶は曖昧で、どこをどう歩いて帰ってきたのか覚えていない。

自宅に帰ってきてからも一向に眠れず、志穂は、ベッドに体を預けたまま、なにをするでもなく夜を明かしたのだった。手に携帯を握りしめて。

のろのろと腕を持ち上げ、手の中の携帯を見る。新しい着信もメールもなにもない液晶画面を見つめ、そんなことわかっていたはずなのに志穂は落胆した。

──バカみたい。今更なにを期待しているんだろう。もう連絡なんてくるはずがないのに。

そう思っているのに、わかっているのに……

それなのに、まだ心のどこかで凌からの連絡を待っている愚かな自分を、志穂は力なく嘲笑《あざわら》った。

一晩中握りしめていた携帯を放り投げ、志穂は自分の中のなにかを吐き出すように、長く大きなため息をついた。

胸にぽっかりと穴が開いてしまったみたいだ。

「目的を達成したんだから、もっと嬉しそうにしなさいよ……」

そう呟《つぶや》いた声は弱々しく、志穂はまたため息をついた。

──先輩に報復するっていう目的は達成できたじゃない。だからトラウマだって乗り越えられたはずだわ。これでよかったのよ。

そう自分に言い聞かせてみても、気持ちはどんどん重くなっていく一方だ。

『お前が好きなんだ』

昨夜の凌の言葉が蘇《よみがえ》ってきて、鋭く胸が痛んだ。

なにも知らずにあの告白を聞くことができたら、どれだけ幸せだっただろう。きっと今度こそ素直になって、彼の胸に飛び込んだのに。

トラウマなんてきっと完全に消え失せて、大好きな人の手を取り、自分に自信を持って生きて行くことができただろう。なによりも、凌がそばにいてくれたなら、志穂はきっとそれだけで満たされたに違いない。

なのにまさか、報復しているつもりが、報復されていたなんて……そんなこと、思いもしなかった。

あの時、志穂を好きだと言ってくれた凌の目は真剣に見えた。でも志穂は、そんな彼を信じられなかったのだ。信じたい気持ちと信じられない気持ちの間で揺れ、疑心暗鬼に陥《おちい》ってしまった。それでもどこかで信じたいと思っていた。

だから彼の家を飛び出した後、何度も後ろを振り返って追いかけてくる人影を探したし、夜の間ずっと彼からの連絡を待っていた。

——でも先輩は追ってこなかったし、連絡もしてこなかった。

やっぱりあの告白は嘘で、留奈の言っていたことが本当だったのだ。

本気ではなかったからこそ、追いかけてくることも連絡してくることもなかったのだろう。

それなら自分は、嘘でも建前でもいいから『無謀な計画の達成』という理由で、今にも壊れそうな心を守るしかない。計画なんて途中から頓挫《とんざ》していたし、乗り越えるべきトラウマも実際にはなかったと、よくわかってはいても。

「……今日も仕事だわ。準備しなくちゃ」

壁に掛かった時計を見上げ、志穂はのろのろと動き出した。顔を洗って軽く朝食を取る。その後、化粧をして髪をまとめた。今日はお弁当作りはちょっと面倒なので、コンビニで適当に買うことにする。そして身支度を整えて部屋を出た。

こうして普段と変わらない日常を送っていれば、凌のこともそのうち忘れられるだろう。十年前だってそうだった。初めはすごく辛かったけど、月日が経つうちに思い出さなくなっていった。

きっと今回も、忘れられる。

そう思って仕事場に向かったのに……

「なにその顔。そんな顔で接客するつもり？　帰んなさい」

仕事場に着いて早々、店長から厳しい言葉をぶつけられてしまった。

「で、でも」

と、口を開きかけた志穂は、店長に背中を押されて鏡の前まで連れて行かれた。鏡には生気のまったくない自分が映っている。

「森園、自分の顔、鏡で見てきたの？　そんな今にも死にそうな顔をした人になんて、怖くて髪を触られたくないわよ」

確かにその通りだ。志穂も、今の自分には髪を切られたくない。失敗されそうだし、不幸が移りそうだ。

志穂がなにも言えずに黙っていると、パンと背中を強く叩かれた。

「もう今日は帰りなさい。そんな顔で店にいられたって、迷惑だから」

「すみません。急いでメイクを直してきます。今日は、指名予約も入ってるんで……っ」

お願いします、と志穂は振り返って店長に頭を下げた。

「ダメ。今日は帰りなさい」

そう冷たく言い放たれ、志穂は不覚にも目の奥が熱くなった。この年になって叱責《しっせき》され人前で涙を見せるわけにはいかない。頭を下げたまま強く唇を噛みしめ涙をこらえた。

「お願いします」

もう一度、店長に頼んだが、返ってきたのは変わらず「帰りなさい」という言葉だった。

「いい？　メイクの問題じゃないの。そんな死にそうな顔して、接客なんて無理だって言っているの。あんたを指名してくれたお客様をがっかりさせたいの？」

志穂はそのままの姿勢で、首を横に振った。店長の言葉はもっともだった。

「わかったなら、明日はもう少しましな顔で仕事にきてちょうだい。いいわね？」

ぽんぽんと労《いたわ》るように肩を叩かれ、志穂は「はい」と答えた。そう答えることしかできなかった。

「ご迷惑をおかけして、申し訳ありません」

顔を上げられず、志穂は床に視線を落とし謝罪の言葉を口にする。

「まあ、なにがあったのかは聞かないけど、プライベートを職場に持ち込まないでね。あんたは、プロなんだから」

「はい。すみません」

更に深く頭を下げ、志穂は踵《きびす》を返して入ってきたばかりのドアを開けて外に出る。よく晴れた空から照りつける光が眩《まぶ》しくて、一瞬くらりと目眩《めまい》を起こした。この程度でふらふらしているようでは、きっとまともにハサミなんて扱えなかっただろう。

店長が帰るように言ってくれなかったら、どんな失敗をやらかしていたかわかったものではない。

――本当に情けない。

そう思ったら、なんとかこらえた涙が、じわりと滲《にじ》んできた。その時、背後から「志穂さん」と声をかけられて、志穂は慌てて浮かんだ涙を指で拭《ぬぐ》う。

「志穂さんっ」

振り返ると、アリサが志穂を追いかけて店から出てきたところだった。

「アリサちゃん……」

駆け寄ってくるなり、アリサは志穂の顔を見て思い切り眉をひそめた。

「どうしたんですか？　世界中の不幸を背負ってるみたいな顔してるじゃないですか」

「あはは、酷《ひど》い」

アリサの言いように、志穂は思わず苦笑いを漏《も》らす。でも、アリサがわざとこういう言い方をしているのは志穂にもわかっていた。彼女なりに気を遣ってくれたのだろう。

「ごめんね。私、今日はこのまま帰るから、みんなにしわ寄せが行っちゃうかも」

ひとりスタッフが抜けただけで、周囲の忙しさは格段に上がる。それを申し訳なく思って、志穂は目を伏せた。けれどアリサは、そんなことどうでもいいというように首を振り、深刻な声で言い募《つの》る。

「志穂さん……その、もしかして、アリサが色々なこと言ったせいで、あのイケメンさんとなにかあったんじゃ……」

いつも元気いっぱいのアリサが不安げに視線をさまよわせ、志穂の情けない気持ちはますます強くなる。

「ごめんね、アリサちゃん、心配掛けちゃって。アリサちゃんのせいじゃないから。……全部、私が考えて行動した結果なの。だから、気にしないで」

そう言ってアリサの頭に手を置くと、彼女は志穂を真っ直ぐに見上げてきた。

「志穂さんが考えて行動した結果、傷付くことがあったら、いつでもアリサの胸を貸してあげますから。でも、後悔しているから慰《なぐさ》めてほしいはダメです」

心を見透《みす》かしたような言葉に、志穂は曖昧な笑みを浮かべることしかできない。

「ありがとう、アリサちゃん。ほら、もう店に戻らないと」

「はい。じゃあ、また今度飲みに行きましょうね！」

「うん」

手を振って店に戻っていくアリサを見送り、志穂は彼女の言葉を噛みしめる。

きっと、彼女なりになにかを感じ取って、「後悔するようなことはするな」と、かけてくれた言葉なのかもしれなかった。

——どこで間違えちゃったんだろう。

駅に向かって歩きながら、ぼんやりそう思った。

どこで間違えたか、心当たりはある。そう、それはきっと十年前のあの日。

あの日から、なにかがずれてしまったのだ。

もし、凌の言葉にめげず思いをぶつけていれば、志穂の恋はあの時ちゃんと終われたはずなのだ。……なのに、逃げてしまったせいで最悪な形でこじれてしまった。

——それなら、最初に間違えてしまったあの場所に戻ってみようかな。

ふとそう思った。

今更、なにか変わるわけではないとわかっている。全部、終わってしまったのだから。

だけど、もう一度、今度こそちゃんと前を向いて歩いていくために、全てのはじまりの場所に行こうと思ったのだ。

痛過ぎる今までの自分も、立ち止まったままの過去の自分も、その全部を真正面から受け止めて、自分の糧《かて》にするために。

志穂は、照りつける太陽の中、しっかり顔を上げて歩き出した。

高校のある地元行きの電車に乗り一時間ほどすると、車窓に見覚えのある風景が広がってきた。

仕事が忙しく、年に数えるほどしか戻ってこない地元。前回ここに帰ってきたのは、もう何ヶ月も前だ。

せっかくだから、実家に寄って親の顔でも見ていこうかと一瞬思った。だが、仕事場から帰されるほどの酷《ひど》い顔を見せては、余計な心配をさせるだろうとすぐに却下する。

電車から降りた志穂は、見覚えのある景色を眺めつつ、高校に向かって歩き出した。

志穂が通っていたのは十年も前なので、見覚えのない家や店を見つける度に、月日の流れを感じた。

けれど、変わっていないところもたくさんある。そんな景色の中を歩いていると、セーラー服を着て通っていた当時の記憶が戻ってきた。

懐かしいその記憶の中には、必ずといっていいほど凌の姿があって……どれだけ自分が彼のことを見ていたのかを思い知らされる。

凌とよく走っていた長い坂を上《のぼ》っていると、隣に彼がいるような錯覚までしてきた。

『志穂、ほらもっと大きく腕振って。腿《もも》も上げる。それじゃあ筋トレにならないだろっ』

本当はもっと速く走れるのに、いつも志穂のペースに合わせてくれていた凌。その当時は「うるさいですよ」とか「先に行っててください」とか生意気なことばかり言っていたけれど、一緒に走れることがどれだけ幸せだったか。

長い坂を上り切り、三年間通った高校が見えてきた。志穂は校門の前に立ち、昔とほとんど変わらない校舎に目を細める。

今にも校門から、ジャージ姿の凌が走って出てきそうだ。

どんな景色を見ても、凌の姿が浮かんできてしまう。どの思い出も楽しいものばかりで、思い出すだけで心が温かくなる。

『とても女とは思えない』

その言葉も、今なら冷静に受け止めることができる気がした。あの時の志穂は、確かに女らしい要素なんて皆無だったのだから。

――でもやっぱりあの頃の私には、彼の言葉を受け止めるのは無理だったよね。好きだったから、ただ傷付くしかなかった。でも……どれだけ傷付いても逃げ出さずにいたら、きっと未来は違うものになっていた気がする。

そう考えて、志穂は深々とため息をついた。

あの頃と違って、今の志穂には自分が凌から逃げ出した自覚がちゃんとある。昨夜は頭に血が上っていたが、あれがただの逃げだったと理解できた。

志穂は留奈の言葉を鵜呑《うの》みにし、凌の言葉から逃げたのだ。十年前同様、それはもう全力で。本当のことを確かめもせず。そしてただ自分の心を守りたい一心で、凌に酷いことを言った。

――って、今更じゃない。私はここで、ちゃんと気持ちに区切りを付けて、前を向くって決めたんだから。……でも、それで本当にいいの？

志穂はそう思って、瞳を伏せた。けれど。

――本当にそれで前を向けるの？　前を向くためにするべきことは、こんなことじゃないんじゃないの……？

そんな疑問が次々と湧き上がってきて、志穂は言いしれぬ焦燥感《しょうそうかん》に震えた。

本当は、こんなところにきたからといって、新しいスタートが切れるはずないことはわかっていたのに。これではまた十年前の後悔を、繰り返すだけだと。

——私、自分を守ることしか考えてなくて、先輩を傷付けた。先輩に自分と同じ思いをさせることがどれだけ酷《ひど》いことか、私が誰よりわかっていたはずなのに！

自分が逃避していることを認めれば、たちまち昨夜の嘘が志穂を苛《さいな》んでくる。

——謝らなくちゃ。先輩が私をどう思っていたとしても、昨日の私はやっぱり間違ってた。今度こそ逃げないで、ちゃんとぶつからなくちゃ。そうでないと、私、絶対に前なんて向けない！

そう思い立って、志穂はくるりと踵《きびす》を返した。駅に向かって走り出そうとした時……

「志穂ちゃん？　志穂ちゃんじゃない？」

自分の名前を呼ぶ聞き覚えのない男性の声に、志穂は足を止めて振り返った。見ると、校舎からスーツ姿の男の人が「やっぱり志穂ちゃんだ」と言いながらこちらに走り寄ってくる。

人のよさそうな笑顔の男性に、志穂は見覚えがなかった。けれど、相手は志穂のことを知っているらしい。

「森園志穂ちゃん、だよね？　久しぶり。っていうか、俺のことわかる？」

そう声をかけられ、志穂は目を瞬《またた》かせた。脳細胞をフルに動員し、記憶の引き出しをひっくり返すが、一向に思い出せない。答えあぐねている志穂に、男性は苦笑いを浮かべた。

「ああ、わからないよね。俺、凌の友達の舟木《ふなき》だけど……」

「舟木……さんっ？」

男性の名乗った名前には覚えがあった。

当時の彼は、すらりと背が高くて目つきが鋭く……なんというかとても近付きづらいオーラを醸《かも》し出していた。凌と一緒にいる時に何度も話したことがあるが、最初のうちはその鋭い雰囲気に、かなりびくびくしたのを思い出す。だが、目の前の舟木からは、そういった鋭さを微塵《みじん》も感じない。

「いやあ、年月は人を変えるもんだよね」

と、舟木はにっこりと人懐《ひとなつ》っこい笑みを浮かべた。変わったなんてものじゃないかもしれない。

「舟木さんは、高校の先生になったんですか？」

そう尋ねると、舟木は「まさか」と言って笑った。そして、高校に教材を卸《おろ》している会社に勤めており、今日は新しい参考書の売り込みにきたのだと教えてくれた。

駅の近くにある大型書店に行くという舟木と、志穂はそのままなんとなく一緒に歩きはじめる。

「それにしても、俺も見かけ変わったってよく言われるけど、志穂ちゃんも変わったね」

好奇心を隠さない瞳でじっと見つめられ、志穂は苦笑いを浮かべた。

「そうでしょうか？」

「うん。少し前に凌と飲みに行ったんだけど、その時志穂ちゃんの話題が出なかったら、わからなかったかもしれないな」

何気なく舟木が口にした言葉に、志穂の心臓は一瞬、その動きを止めた。

「先輩が……私の話をしたんですか？」

自然に振る舞おうと思うのに、「自然に」と意識しなければ不自然になってしまうほど、志穂は顔も声も強張《こわば》ってしまった。それを誤魔化したくて、志穂は「まだ先輩と会ってるんですね」と、付け加える。

「あいつとは会社が近いから。だからたまに飲みに行くんだ」

「そうなんですか」

そう、何事もなく答えながら、志穂はふたりの間に出た自分の話題というのが気になって仕方なかった。けれど、もし悪く言われていたら……と思うと、怖くて聞けそうもない。相反する気持ちを抱えつつ、志穂は黙ったまま俯《うつむ》いた。

「凌がね」

「はい」

「志穂ちゃんが変わったたって言ってた」

顔を上げると、舟木はまるで志穂を安心させるように、にっこりと微笑んだ。そんなふうに気を遣わせるほど自分は余裕のない顔をしていたのかと、志穂は恥ずかしくなって再び俯く。

「か、変わった……ですか」

そういえば、再会した日に「つまらなくなった」と言われたのを思い出す。きっとそのことだろうと、唇を噛んだ。

「うん。妙に女っぽくなってて、びっくりしたって」

「え?」

「え?」

思わず素《す》っ頓狂《とんきょう》な声を出し、志穂は勢いよく顔を上げた。まさかそんな反応が返ってくると思っていなかったのか、舟木は不思議そうな視線を向けてくる。

「え、そんなはずないです。そんなわけ……つまらなくなった、とは言われましたけど」

真顔でぶんぶんと首を振ると、舟木は「ああ」と、口の端《はし》を持ち上げた。

「なるほど、あいつまだなにも言ってないんだな。ああ見えて意外とへたれだから」

「なんのことですか？」

「いや、なんでもない。気にしないで。しかし、つまらなくなったとは凌の奴、志穂ちゃんが女らしくなったことが相当悔しかったんだろうな」

凌が何故それを悔しく思ったのか、志穂にはよくわからない。でも。

「まあ、先輩は高校時代、私のことを『女とは思えない』って言ってましたからね」

「え？」

「え？」

志穂の言葉に、さっきとは反対に舟木が素っ頓狂な声を上げた。彼はまるで信じられないと言うように、目を丸くして志穂を見ている。

「それ、凌が言ったの？　直接、志穂ちゃんに？」

「い、いえ……直接言われたわけじゃなくって、聞いちゃったんです。先輩がみんなにそう話しているのを」

多分、その中には舟木もいただろう。当時、よく凌と一緒にいたから。志穂の話を聞いた舟木は、顎《あご》に手を当てて難しい顔をしている。志穂は慌てて明るい声を出した。

「昔のことなんで、今はもう全然気にしてませんよ？　そう言われても仕方がない感じでしたし」

本当はトラウマになるほどショックだったのだが、そんなことを舟木に言っても仕方がない。それよりも、今は彼の難しい顔のほうが気にかかる。

「あ、あのすみません。なんだか変なこと言っちゃいましたね」

どうしていいかわからなくて、志穂はぺこりと頭を下げた。するとそれまで考え込んでいた舟木が、大慌てで手を振る。

「あ、いや、こっちこそごめん。あのね、志穂ちゃん。その話って多分、志穂ちゃんが考えてるのとは違うと思うんだよね」

「違う……？」

舟木の言っている言葉の意味が呑み込めず、志穂は眉を寄せた。

そんな志穂に、舟木はきっぱり言った。

「違うっていうか、その話には続きがあるんだ。志穂ちゃんはその続きを聞いてない？」

「続き？　え？」

「女とは思えない」という凌の声を聞いた直後、志穂はその場から走って逃げてしまった。だから、言葉の続きなど聞いていない。

——続き？　続きってなに？　でも、あの言葉の後なんだから、いいこととは思えない。

そう考えながらも、どうしてもその続きが気になってしまう。

聞いたら余計に傷付くのかもしれない。けれど本当のことを知りたい気持ちが勝る。

「続きって、どんな話だったんですか？」

「うん……」

そう呟《つぶや》いて舟木は再び考え込んだ。そしてなにか納得したように、ひとつうなずいて立ち止まると、真っ直ぐに志穂を見つめる。

「俺から言うのは違うと思うから、続きは本人から聞くといいよ」

「え？」

「ちゃんとあいつと話をしてやってよ。ああ見えて淩の奴、肝心なところで詰めが甘いから」

舟木は苦笑して言う。

――もしかして私、なにか誤解しているの？

「時間があるなら、今すぐにでも連絡してみるといいよ。っていうか、したほうがきっとお互いのためだと思う。ほら」

少し強引に促《うなが》され、志穂はバッグから携帯を取り出す。そして躊躇《ためら》いながらも液晶画面を操作した。

「……えっ、なにこれ」

そこには、十数件にも及ぶ着信履歴が表示されていた。電車に乗る前に着信音を消してから、ずっとそのままにしていて気が付かなかったのだ。

震える指先で着信を確認すると、全て淩からのものだった。つい数分前にも着信がある。

もう淩から連絡なんてこないと思っていた志穂は、その着信履歴を見ただけで涙が溢れてきた。

「し、志穂ちゃん!?」

舟木が、急にぼろぼろと涙を零《こぼ》しはじめた志穂を見てぎょっとした声を上げた。さっきから心配を掛けて申し訳ないなあと思いながら、溢れる涙を止められない。

「舟木さん、びっくりさせてしまって、ごめんなさい」

手の甲でぐっと涙を拭《ぬぐ》う志穂に、舟木は優しく笑った。

「びっくりしたけど、志穂ちゃんが大丈夫ならいいよ」

「私、すぐに先輩に連絡してみます」

「うん、それがいいと思う」

意味ありげな舟木の笑みに、背中を押される。

「ありがとうございました」

「じゃあ、俺は先に行くから。凌によろしく伝えておいてよ」

「はいっ！」

手を振って去って行く舟木の背中を見送り、志穂はまだ止まらない涙をもう一度拭った。

十年前の言葉の続きを知ったところで、なにが変わるとも思えない。もしかしたら、最悪の結果が待ち構えているのかもしれない。

——それでも、今度こそ逃げずにちゃんと向き合ってみなくちゃ。

強い決心と覚悟を胸に、志穂は大きく息をつく。

震える指でなんとか携帯を操作し、凌に電話を掛けた。うるさいほどの心臓の音を聞きながら携帯を耳に押し当てる。すぐに発信音が聞こえて……

『お前、今どこにいるんだ！』

ワンコールが終わらないうちに、携帯から凌の怒鳴り声が響いてきた。

「せ、先輩？」

あまりにも繋《つな》がるのが早くて、自分から電話をしたにもかかわらず、間抜けな問いかけをしてしまった。

『俺に電話してきたんだろ？　だったら相手は俺しかいないだろうが。で、お前は今、どこにいるんだ？　どんなに連絡しても応答ないし、店に電話したら休んでるって言われるし……一体どこでなにしてんだよ』

不機嫌そのものの声でまくし立てられているのに、何故か志穂の気持ちは満たされていく。自分を探してくれた。その事実が嬉しくてたまらない。

「今、通ってた高校の近くにいます」

『高校？』

「はい。あの、私、先輩に話したいことが……伝えたいことがあって。だから」

『わかった。今すぐそっちに向かうから、その辺で待ってろよ』

凌の声は最後のほうは遠ざかっていく。電話を切られてしまいそうな雰囲気に、志穂は慌てて電話口で凌の名前を叫んだ。

「……あっ、先輩、待ってください！」

『なんだよ』

再び聞こえてきた凌の声にほっとする。

「今すぐって、先輩、今仕事中じゃないんですか？」

『志穂。俺はな、仕事中毒なんだよ。休日出勤も、結構頻繁《ひんぱん》にしてるわけだ』

「は、はあ」

なんだかよくわからない方向に話がそれて、志穂はどう返事していいのかわからず、曖昧に相槌《あいづち》を打った。

『だから、有給はほとんど残ってるんだ。そんな仕事中毒の俺が、一日くらい有給取ったって、誰もなにも言わない！　そういうことだから、今からそっちに行く。絶対にそこを動かず待ってろよ。いいな？』

——有給を取った？　私を心配して……？

『返事は！』

「は、はいっ」

背筋をしゃきっと伸ばして返事をすると、携帯の向こうでほっと息をつく気配がした。

『うん、じゃあすぐに行く』

通話の切れた携帯を胸に抱きしめ、志穂は空を振り仰いだ。

——まずは昨日のことを謝ろう、それから思いの全部を伝えよう。今度こそ、結果はどうあれちゃんと前に進むために。

緊張で体が震える。けれど、どうしてだろうか、見上げた空は今までで一番きれいに見えた。

窓の外を見慣れた風景が流れていく。車の助手席に座った志穂は、横目でそんな景色を見送りながら、ちらりと運転席でハンドルを握る凌に視線を向けた。

電話が切れてから一時間しないうちに、凌の運転する車が志穂の目の前に止まった。

「乗れ」と短く言われて、助手席に乗り込んだのが、ほんの数分前のことだ。車に乗ってから、凌は一言もしゃべらず、横顔は険しかった。

そんな彼の様子に、気持ちを伝えるタイミングを掴《つか》めず、志穂は何度も口を開き掛けては閉じるを繰り返していた。

——ちゃんと話さなくちゃ。

話したいことも、話さなければならないこともたくさんあるのに、いざ凌を前にしてしまうとどれから話していいのかわからない。

けれど、やはりまずは謝罪するべきだと思い至った。

膝の上でぎゅっと拳《こぶし》を握りしめ、志穂は大きく息を吸い込んだ。

「すみませんでし——」

「悪かった」

志穂の言葉を遮《さえぎ》って、しっかりと前を見据えたまま凌はそう言った。

「え……？　どうして？　謝るのは、私のほうです」

ふるふると首を振りながら、志穂は運転する凌の横顔を見つめ続ける。彼の顔はまだ険しかったが、一瞬志穂を見たその瞳が、ふっと和《やわ》らぐ。

「俺は昨日、お前を追いかけることができなかった」

「そ、そんな……私が勝手に飛び出しただけですから」

志穂は俯《うつむ》いてごにょごにょと答えた。確かに昨夜、追いかけてこない凌に、一層落ち込んだ。けれどそんなのは志穂が勝手に落ち込んだだけの話であって、凌に謝られるようなことではない。

「悪いのは私です。すみません。昨日、あんな酷《ひど》いことを言ってしまって……」

そう言って凌に向かって頭を下げる。

昨夜の留奈の言葉が真実かどうかなんて、今はもうどうでもよかった。ただ、凌に酷いことを言ってしまったことを謝ることができて少しだけほっとする。

すると頭のてっぺんにぽんと温《ぬく》もりが触れ、志穂は驚いて視線を上げた。

「いや、悪いのはやっぱり俺だよ。ただ、正直、どうしてああなったのか理解できなくて、追いかける前になにがあったのか、ちゃんと把握しなくちゃいけないと思ったんだ」

頭にのせられた凌の手が、志穂の髪の毛をわしゃわしゃと掻《か》き混ぜる。乱れた前髪の隙間から見えた凌の顔は、穏やかに微笑んでいた。

「大変だったんだぞ。朝から江藤をとっ捕まえて、事情を聞き出すの。なにかあったとしたら、多分原因はあいつだろうって思ったから。……ずいぶん余計なことを吹き込まれたみたいだな」

そこで一旦言葉を句切ると、凌はすぐ近くにあったコンビニの駐車場に車を停めた。そして真っ直ぐに志穂を見つめてくる。

「あれは全部、江藤の嘘だ。本当のことじゃない」

凌はそこで一旦言葉を切り、息をついた。

「江藤がお前に髪を切ってもらった次の日だったと思う。急に江藤に志穂のことを聞かれて、つい高校の頃の志穂のことをあいつに話したんだ」

「なにを？」

「高校の頃のお前は、部活に命をかけてて見た目は今と全然違うとか、でも本質的には変わってなくて、それを必死に隠しているのが面白いとか」

「酷い」

凌の言葉に、志穂は思わず苦笑いを浮かべた。凌も同じように苦笑いを浮かべる。

「実は俺も、江藤の気持ちはもしかして……くらいには気が付いていて、牽制《けんせい》のつもりでわざと志穂のことをたくさん話したんだ。それで江藤も察してくれるんじゃないかって。その時、つい余計なことまで口にしてしまって。まさかその話を江藤がねじ曲げて、お前に伝えるなんて思いもしなかったよ」

「そうだったんですね……」

あの日の留奈の発言の真相はこれでわかった。牽制しようと、志穂との過去を話した凌を責めるつもりもない。けれど、留奈のことが気になってしまう。

「あの……江藤さんは、大丈夫ですか？」

酷《ひど》い嘘をつかれたことを、許す気にはなれない。それでも、嘘をついてでも志穂を遠ざけたいと思った留奈の気持ちは、わからないでもなかった。きっと必死だったに違いない。

その嘘がばれ、凌に詰め寄られ……そんな留奈の姿を想像すると、お人好しと言われるかもしれないが、胸が痛んだ。

じっと凌を見上げると、彼は少しだけ困ったように微笑んで、そして志穂の頬に触れる。

「大丈夫だよ。志穂はなにも心配しなくていい。後のフォローは俺がしておくから」

「……はい」

確かに心配したところで、志穂になにかできるわけでもない。それでもつい気になり、志穂の表情は曇った。

「江藤が傷付いたとしても、俺はこれでよかったんだと思ってる」

「え……？」

「誰かを傷付けたって、俺はお前が欲しいと思ったんだ。だから……」

射貫くように見つめてくる凌の瞳を、志穂は見つめ返した。心臓がうるさく騒ぎはじめる。

「もう一度言う。お前が好きだ。…………って、おい！　なんで泣くんだよっ」

潤《うる》む視界の向こう側で、凌が見たこともないほど慌てている。

「……泣くなって。その……泣くほど、嫌……だったりするのか？」

いつもはあれほど強引な凌が、おそるおそる伸ばした腕を志穂の体に回した。遠慮がちにその胸に引き寄せ背中をさする。

「わ、私なんて……私なんて、十年前からずっと好きだったんですからねっ」

言った途端、涙が溢れて止まらなくなった。ずっと胸の中に秘めて、押し込めてきた感情が一気に込み上げてきて、涙となって溢れているようだ。

「好き……です。十年前から、ずっと、ずっと、好きだったんです……！」

「ちょっと待て、志穂」

さっきまで抱きしめてくれていた腕が、今度は志穂を引き離し、凌は眉を寄せて顔を覗《のぞ》き込んでくる。僅《わず》かに微笑んではいるものの、魔王を彷彿《ほうふつ》とさせる気配に、志穂の涙は一気に止まった。

「十年前、俺を避けて避けて避けまくったのは、お前のほうじゃなかったか……？」

「そ、それはそうなんですが……」

鋭過ぎる眼光に、だらだらと冷や汗が流れてきた。

「お前、俺のことが嫌いだったんじゃないの？」

「だ、だって、先輩が私のことを女とは思えないって言ってるのを聞いてしまって……それで、悔しくて悲しくて……」

志穂はそこまで言って、一旦言葉を切った。そして「あのこと」もきちんと伝えて謝罪するべきだと思った。

もしかしたらすごく嫌な女だと思われるかもしれないが、でも、それが本当の志穂だ。ここまできて誤魔化しても仕方がない。

「先輩。実はその言葉は、私にとってずっと大きなトラウマになっていました。もう二度と、誰にもそんなことを言われない自分になりたくて、今までずっと努力してきたんです。でも、先輩に再会して、つまらなくなったって言われて、自分の今までを否定された気になって……報復してやろうって思って、先輩に近付いたんです。すみません」

ぺこりと頭を下げると、凌は明らかに狼狽《ろうばい》していた。

「ちょっと待て……俺がそんなことを言ったのか？」

「……言いましたよ。確かに」

その言葉を凌が忘れていたのは少し悲しかったが、それも仕方がないと志穂は思った。志穂に大きな衝撃を与えた言葉でも、きっと凌にとっては何気ない一言だったのかもしれない。

「あ……でも今は気にしてませんよ？　その言葉のおかげで、がさつだった自分を変えようって思えたんですから」

すっかり考え込んでしまった凌に、慌てて言葉を続ける。そう、今となっては、あのトラウマはちゃんと過去のこととして受け止められる。

「それに、あの言葉がなかったら、私は美容師になることだって――」

「志穂」

言葉を遮《さえぎ》るように凌が志穂の名を呼ぶ。目が合った瞬間、凌は深々と頭を下げてきた。

「悪かった。そんなふうにお前を傷付けていたなんて思いもしなかった」

「……へ？」

そこで、すっかり頭から抜けていた舟木の言葉を思い出す。あの言葉には続きがあると。

「あれは……あの言葉の後には続きがあるんだ。その、…………………って」

凌の言葉の最後が、はっきりと聞き取れず、志穂は首を傾《かし》げた。

「なんて言ったんですか？　……きゃ」

再びぐいっと引き寄せられる。密着した体から、彼の速い鼓動が伝わってきた。

「それは……」

「え？」

「色気ゼロで女とは思えないから、お前らは手を出すなよって、周りの奴らを牽制《けんせい》したんだ。俺が彼女にして、色々教えるんだから……って。くそ、なんで俺、十年前の恥ずかしい台詞《せりふ》を今告白してるんだよ」

凌の言葉に、志穂は目をまん丸に見開いて、言葉を発することもできない。まさか、そんな続きがあったなんて思いもしなかった。

「まあ、その直後お前が俺を避けるようになって、訳がわからなくて腹が立った。そのうちこっちも意地になって、そっちがそのつもりなら……って自分からお前に近付かなくなった。十年経って、やっとお前に避けられた理由がわかったよ。……悪かったな」

「先輩が謝ることなんてありません。私がちゃんと確かめもしないで、勝手に誤解したんですから」

凌の胸に顔を埋《うず》めたまま、志穂は何度も首を横に振った。

「いや、俺もヘンに意固地になってたから。……ふたりとも、しなくていい誤解をしてたんだな」

「ごめんなさい」

「これからは、そんな誤解をしないように、思ってることはちゃんと伝え合おうな」

未来を思わせる言葉に志穂は顔を上げ、凌を見上げた。優しい笑みに出会い、胸が震える。

「もう離れないんだろ？」

せっかく止まっていた涙が、再び瞳に盛り上がってきた。頬を伝う滴《しずく》は、今まで感じたこともないほど温かい。こんな温かな涙があるなんて、志穂は知らなかった。

「……はいっ」

鏡の前で練習してきた笑顔とはまったく違う、心からの笑みが志穂の顔に浮かぶ。

凌の指先が伸びてきて、志穂の涙を拭《ぬぐ》ってくれた。ふたりの視線が絡《から》み合い、どちらからともなく顔を近付ける。あと数センチで唇が重なる——そんな時。

地の底から響いてきたような低い音で、ふたりは動きを止めた。それは、志穂のお腹から響いた空腹を訴えるサイン。

志穂は、真っ赤になって自分のお腹を両腕で覆った。できれば凌には気付かれたくない……そう願ったのだが。

「……ぶっ」

我慢できないとばかりに、凌が噴き出し、笑い声を上げた。

「し……っ、失礼じゃないですかっ、そんなに笑うなんて！」

志穂はそう言うと、ぷいっと横を向いた。本当は恥ずかしかし過ぎて、この場から消えてしまいたいくらいだった。

——ああっ、どうして私ってこうなんだろうっ。このタイミングでお腹が鳴るとか、あり得ないんですけど。もう、コントみたい。

志穂は火照《ほて》る頬を隠して深く俯《うつむ》いた。隣では、凌がまだ肩を揺らして笑っている。

「……ははっ、確かに俺も腹減ったわ。朝からなにも食べてない上に、必死にお前のこと探し回ってたからな」

「……っ」

ひとしきり笑った後、凌がそんなことを言うので、今度は申し訳なくなってしゅんと項垂《うなだ》れる。

「す、すみません」

「じゃあ、なにか作ってよ。買い物して、俺の家に行って、昼ご飯作ってくれたらそれでいいよ」

「かっ、かしこまりましたっ！」

そんなことお安いご用だと、志穂はぱっと顔を上げて敬礼した。

その直後……まったく女性らしくない自分の振る舞いに気付き、額に当てていた手を、そろそろと下ろし、「わかりました」と小さな声で答える。

十年前の凌の言葉が誤解だとわかった今、そんなことは気にする必要はないのかもしれない。けれど、ずっと女性らしくあることを意識してきて、凌の前でもそう振る舞ってきた。なのに高校の時に戻ったような素の自分が出てしまって、気恥ずかしくなる。

——ああ……結局のところ、私ってば、全然変わってないのね。素の私を、先輩はどう思うのかしら。

咄嗟《とっさ》にそんなことを考えて、志穂は視線をさまよわせた。

「え、えーと……なにを作ったらいいですか？　……痛っ」

取り繕《つくろ》うような笑みを浮かべる志穂の頬を、凌が摘《つ》まんだ。

「い……っ、いひゃいですっ、先輩」

「別にいいよ」

頬を摘まんでいた凌の指が、今度はそっと志穂の頬を撫でた。志穂に向けられた視線は、優しくて温かい。その途端、志穂の心臓がとくんと音を立てた。

「別に志穂は志穂のままでいいから。なんか、変に気を張ってるより、そっちのほうが志穂っぽくて、俺は安心する」

志穂のままでいいと言ってくれた凌の言葉が、じんわりと心に染み込んでくる。

その言葉がただただ嬉しくて、また溢れそうになった涙を必死にこらえた。

「……な、なに、作りましょうか？」

「そうだな。じゃあ、一緒に買い物に行って考えようか」

「はいっ」

志穂は、精一杯の笑顔で凌に応えた。

それからふたりで、いつも立ち寄っているスーパーで買い物をし、凌のマンションへ向かう。昨夜飛び出した凌の部屋に足を踏み入れ、志穂は不思議な気持ちがしていた。

つい数時間前まで、この部屋にくることなどもう二度とないと本気で思っていたのだ。それが、こうして買い物袋をぶら下げて、翌日にはまたこの部屋に足を踏み入れているのだから。

――人生って、どこでどうなるのか、わからないものね。

そんなことをつくづく感じる。

今日、店長に帰れと言われなかったら。空《あ》いた時間に、地元の高校に行ってみようと思わなかったら。そこで舟木と会わなかったら……どれかひとつでも欠けていたら、志穂のほうから凌に連絡することはできなかったかもしれない。

そう考えると、そもそもあの日、アリサに誘われて合コンに行っていなければ、凌と再会することさえなかったのだ。

それら全ての出来事が偶然なのか、それとも必然だったのか志穂にはわからない。だが、全てに感謝したいと心から思った。

「お邪魔します。……っ！」

そんな感慨と共に靴を脱いで部屋に上がった志穂は、強く腕を引かれ凌の腕の中に閉じ込められた。そしてそのまま、呼吸もできないほど深く唇を奪われる。

「ん……ふ」

あまりに突然のことに心の準備が整っていなかった志穂は、思わず体を縮《ちぢ》こめた。

それに気付いた凌の唇が、一瞬離れた隙に志穂はさっと俯《うつむ》く。

「志穂、嫌？」

俯《うつむ》く志穂の耳元で、色気を滲《にじ》ませた低い声が鼓膜をくすぐる。その声に背筋がゾクゾクし、足が震えそうになるのを必死にこらえる。

「そ、そういうわけじゃあ……」

「ないみたいだね」

「……っあ」

俯いた顔を再び持ち上げられ、間近で見つめられる。志穂の顔に、凌は艶《つや》っぽく微笑んだ。その笑みに、志穂の顔はますます熱くなった。

自分でもわかっている。今自分がどんな顔をしているのか。きっと熱に浮かされたような真っ赤な顔をしているに違いない。いや。きっと、顔どころか耳まで真っ赤にして、瞳を潤《うる》ませた余裕のない顔を晒《さら》しているはずだ。

ずっと隠してきた、十年前から変わっていない、本当の志穂の顔を。

「これはお仕置きだよ、志穂」

「お、お仕置き……？」

間近にある凌の顔を直視できず、志穂はオロオロと視線をさまよわせる。

「そう。前に先輩って呼んだらデコピンだって言ったろ？　俺は優しいからキスにしてやってるけど、デコピンのほうがいい？　あと十回以上残ってるけど」

「か、数えてたんですか？」

「数えてたよ。全部で十八回」

「性格悪過ぎますっ」

だったら気が付いた時に指摘してくれればよかったのに、それを数えていたとは。つい口から出てしまった言葉に、凌は微笑んだまま片眉を上げる。

「じゃあ、デコピンにしようか」

意地悪に微笑む凌を見つめ、志穂は悔しげに呻《うめ》く。そんなことを言われても、やっぱり自分は彼が好きなのだ。

凌の目の中に自分だけが映っている。それが、どうしようもなく嬉しい。

「……いいえ。キスのほうがいいです」

「だと思った」

そう言って凌は志穂の額に唇を押し当てると、悪戯《いたずら》っぽく微笑んだ。

「本当は数なんて数えてなかった。お仕置きなんてただの名目。ただお前に触れたかったんだ」

「凌さん……」

愛しさが急激に込み上げてくる。志穂は自分を包み込む腕の中で身じろぎ、凌と正面から向き合う。そして、自ら腕を伸ばして彼の首に絡《から》めると、背伸びをして凌の唇に自分から口づけた。

一瞬、凌は驚いたように目を見開いたが、すぐに志穂の後頭部を抱え込んで深く口づけを返してくる。凌の舌は志穂のそれに柔らかく絡みつき、口内をくまなく味わっている。

すぐに頭の芯がぼんやり熱を帯びてきて、凌に食べ尽くされてしまうんじゃないかという錯覚に陥《おちい》る。けれど、そんな錯覚も激しい口づけで、あっという間に溶かされていった。

「……ん、ふぁ、はあ……」

無意識に唇から漏《も》れ出した声は、自分の声とは思えないほど甘く濡れている。

「少しは我慢しようと思ったんだけどな……でも、やっぱ、無理だわ」

「……凌さん？」

凌は片手で志穂の体を引き寄せて、ひょいとお姫様だっこした。

「きゃ……っ、や、やだ、重たいですよっ」

志穂は驚いて手足をばたつかせる。

「じっとしてたらそれほど重くないけど。暴れられたら、そのほうがよっぽど重い」

そう言われてしまうと、大人しくせざるを得ない。「すみません」と小さく言って、腕の中で縮《ちぢ》こまる志穂を、凌は満足げに見下ろす。

「そう。それでいい」

極上の笑みを向けられ、志穂は自分の状況も忘れ、照れくさいような嬉しいような、くすぐったい気持ちに頬を染めた。

「志穂」

「は、はい」

「昼ご飯は後回しにしていいか？」

志穂を抱えたまま、寝室へ向かう凌を、志穂は目を丸くして見上げる。彼がこの先どんなことを言うのか、予想はできた。でも、それをはっきりと言って欲しい。

「どうして……ですか？」

凌の口から、自分の欲しい言葉が紡《つむ》がれるのを期待して、ドキドキと鼓動が騒がしくなる。じっと見上げた視線の先で、凌も同じように真っ直ぐに見下ろしてきた。

「昼飯より、今すぐお前を喰いたい」

思っていたよりもずっとストレートな言葉で、志穂の頬は火がついたみたいに熱くなる。さすがに返事をするのは恥ずかしくて、志穂は言葉を返す代わりに彼の首にぎゅっとしがみついた。

そのまま寝室に運ばれ、ベッドの上に下ろされる。すぐに凌が体を重ねてきて、志穂はシーツの海に沈んだ。凌が手の甲でそっと志穂の頬を撫でる。

「志穂……大事なことだから、もう一度ちゃんと言わせてくれ」

真っ直ぐに向けられる熱い視線を受け止め、志穂はこくんと小さくうなずいた。

「俺は……お前が好きだよ。十年前もお前のことが好きだった。もしかしたら、ずっとお前のことを忘れたことなんてなかったのかもしれない」

「先輩……」

「だから、何度言ったらわかる？　もう、先輩でも後輩でもないんだからそう呼ぶな。お前に先輩って言われる度に、結構落ち込んでたんだ。いつまで経っても俺はただの『高校の部活の先輩』でしかないのかってね」

「そんなこと！」

ありえない、ただその呼び名に慣れていただけだと言おうとしたが、それは言葉にならなかった。

覆い被さってきた凌の舌先が、志穂の首筋を舐《な》め上げてきたせいで。

「……あ……っん」

「多分、この先も変わることはないから」

「え？　ふ……ぁあ」

首筋を舐め上げ、耳朶《じだ》を食《は》みながら、凌は低い声でそう囁《ささや》く。その甘い声が、志穂の深い場所を痺《しび》れさせる。

「十年先もきっと、お前のことが好きだって言える」

「ん……んん……っ」

凌の手が上着の裾をめくり上げ、志穂の服の中に侵入してきた。そして下着の上から志穂の胸の膨《ふく》らみに触れる。

「志穂、お前はどう？」

「そんなの……そんなの、決まってます……ぁあ、んんっ。たった十年なんかじゃない。もっと、もっとずっと先まで、絶対……ひゃんっ！」

一気に服とブラをめくり上げられ、露《あら》わになった胸元に凌の唇が押し当てられる。両手で下から胸を掬《すく》い上げられ、その頂上で震える乳首に舌が這《は》わされた。

「可愛いことを言うんだね」

「ん……ん、ぁは……っ」

舌先で転がされ、口内に吸い込まれ、唇で柔らかく挟まれ……凌から与えられる刺激に、志穂の乳首はあっという間に硬くなっていく。つんと上を向き、まるでもっとと強請《ねだ》っているようだ。

呼吸は次第に切迫し、志穂の口から掠《かす》れた甘い吐息が漏《も》れた。体の内側がどんどん熱くなり、腰の奥が切ないほど疼《うず》く。

凌は志穂の胸から顔を上げると、妖《あや》しげに光る瞳でじっと見上げてきた。きゅっと乳首を摘《つ》ままれ、志穂の体がびくんと戦慄《わなな》く。

「ずっと苛ついてたんだ……女らしくなった志穂に。誰が変えたのか……誰にそんな色っぽい顔を教えられたのかって」

――ああ、そういうことだったんだ。

今までずっと気になっていた、時々凌が見せる苛立ち。昨日は、それこそが隠しきれない自分への憎しみの証かもしれないと思った。

けれどそれが、志穂のかつての相手への嫉妬とわかり喜びが込み上げる。

なんだか自分と似ていて、こんな場面だというのに、志穂はくすっと笑ってしまった。

「笑うなよ」

「だって……あんまり同じで。私も先輩……じゃなくって、凌さんが、いつも余裕な態度で私に接してくる度、すっごく苛ついてました。たくさんの女の人と付き合ってきたんだろうなって」

志穂の言葉に凌はゆっくりと瞬《まばた》きを繰り返してから、妙にすっきりとした顔で微笑んだ。

「俺たち、ずいぶんと色々なことをこじらせてたみたいだな」

「そうですね。でも……」

トラウマがなくなり、こうして凌と真っ直ぐに向き合っている今だからこそはっきりと言える。

「きっと全部、無駄じゃなかった気がします」

「そうだな」

視線を重ねたまま、ふたりで微笑み合った。それからどちらともなく唇を重ねる。柔らかく、優しく、触れるだけの温かなキス。そんな温かいキスに、志穂の心はいっぱいに満たされる。満たされて溢れたものが、瞳から涙となって零《こぼ》れた。

「凌さん……好きです。大好き」

伸ばした腕を凌の首に絡《から》めて引き寄せる。志穂は見た目よりも柔らかい黒髪に、顔を埋《うず》めた。こんなにそばにいることが奇跡のように思えて、志穂は凌を抱きしめる腕にぎゅっと力を込める。

「こんなことなら、十年前、無理矢理にでもお前を捕まえて、なにがあったのか全部吐かせればよかった」

凌の指がそっと優しく髪を撫でる。その感触が心地好くて、志穂はうっとりと瞼《まぶた》を閉じた。

「そうしたら、十年もお互いに誤解したままにならずに済んだのに」

凌の言葉に小さくうなずきながらも、「でも」と志穂は口にした。

「この十年間があったからこそ、もう二度と離れるものかって、心から思えます」

言ってから志穂は、凌の首に回していた腕を離した。そして、彼の肩を掴《つか》むとくっついた体を引きはがし、じっと凌を見上げる。

「……あの、最終確認です。もう二度と離れないってことで、いいんですよね？」

志穂の言葉に、凌は一瞬きょとんとした顔をしてから、ふっと笑った。

「いや、あの、笑っている場合じゃないですからねっ？　私、執念深いんですから。本当に離れませんよ？　覚悟は……んぐっ」

凌の肩を掴んでいた手を、あっさり捕まえられて、逆にシーツに縫《ぬ》い止められる。そして、すぐに凌が覆い被さってきて……唇が重なった。

「覚悟するのは、志穂のほうだと思うけど？」

彼は口元に不敵な笑みを浮かべていた。そのくせ瞳は真剣そのものだ。

そんな凌の存在そのものが、志穂に未来を信じさせてくれる。いや、信じられる。この先もきっとずっと離れずにいられるのだと。

「凌さ……ぁあっ、ん……ふ」

再び胸元に寄せられた凌の唇の感覚に、志穂の体はぴくんと跳ねた。唇の触れた場所から、じわりとした熱が体の奥まで染み込んでいく。

もっと直《じか》に触れ合いたくて、志穂は凌の服の裾から手を忍び込ませ、しっかりと筋肉の付いた背中に手のひらを這《は》わせた。手のひらから伝わる凌の体温が志穂の体温を上げて、吐息が甘ったるい熱を帯びる。

「……エロい顔。その顔、絶対他の奴に見せるなよ？」

「見せたらどうします？」

「そうだな……」

「あ……っ」

上半身の衣服が剥《は》ぎ取られ、凌の手が腿《もも》を撫でながらスカートの中に入ってくる。長い指がショーツの上から志穂の敏感な場所に触れ、ぐっと息が詰まった。

「他の誰かに抱かれたいなんて、思えないようにしてやればいいだけの話だろ？」

「自信過剰……っ、んん！」

そんな憎まれ口は、薄い布越しに花芯を捏《こ》ねられて封じられる。

「自信過剰？　誰が？」

「や……っ、い、意地悪……」

彼の余裕たっぷりな表情に反抗心が芽生える。だが、凌の与えてくる刺激は、そんな反抗心さえ一瞬で打ち砕いてしまった。するりとショーツが下ろされ、すっかり潤《うる》んだ秘所に直接指が触れると、もう自分がなにを考えていたのかさえ、わからなくなってしまった。

「もうこんなにして……そんなに欲しかった？」

「そ、そんな……ん、ぁああ」

つい「欲しい」と答えてしまいそうになるが、微かに残った羞恥心《しゅうちしん》が言葉を濁《にご》らせる。

凌は身につけた衣服を脱ぎながら、志穂の中に二本目の指を埋め込んだ。

「あ……っ、ああ」

体の中心を拓《ひら》かれる圧迫感と、むき出しの神経に触れられたような刺激に、全身が強張《こわば》る。物欲しげに腰が揺れてしまうのを止められない。

あっという間に達してしまいそうになって、志穂は白い首を仰《の》け反《ぞ》らせて唇を噛みしめた。

「そ、そんなにしちゃ……んっぁああ……っ」

志穂の中を凌の指が何度も擦《こす》っていく。湿った水音を響かせ、襞《ひだ》を割り開きながら奥まで抉《えぐ》られて……瞼《まぶた》の奥で白い光が弾け飛ぶ。

「ふ……っ、あ、あぁ、ああ……んっ！」

志穂の体は、凌の手によってあっさりと高みに昇らされてしまった。凌の指の動きに合わせてビクビクと跳ねた体は、やがてがっくりと脱力する。

気怠《けだる》い快楽の余韻にぼんやりとしながらも、志穂は乱れた呼吸を必死に整えた。

「志穂……俺が欲しい？」

凌は志穂の蜜で濡れた指を、見せつけるように舐《な》めてそう詰め寄る。妖《あや》しく淫靡《いんび》なその光景に、志穂の体は切ないほど疼《うず》いた。もうこれ以上熱くなることはないと思っていた頬が、更に赤く染まっていくのがわかる。

「俺は欲しいよ。志穂は違うの？」

「ち……違わない、です」

恥ずかしさとか、照れくささとか、自分の正直な気持ちに蓋《ふた》をしていた様々な感情が、凌のたった一言で吹き飛んでしまう。

「欲しい……です。凌さんが、欲しい」

思った以上に切羽詰《せっぱつ》まった声が出て、自分がどれだけ凌を求めていたのかわかる。真っ直ぐに見上げたその先で、凌の顔が柔らかく綻《ほころ》んだ。

「そうか。なら、よかった」

ゆっくりと近付いてくる凌の唇を、志穂は薄く唇を開いて受け止める。唇が触れ合い、舌先が絡《から》み合い……志穂の片足が持ち上げられて、体の中心に凌自身が深く突き立てられる。

「……っ、んんん……！」

どこもかしこも凌に塞《ふさ》がれ、志穂はくぐもった、けれど甘い嬌声《きょうせい》を漏《も》らした。

ついさっき達したばかりの秘所は、あっさりと凌を呑み込み、ずきずきとした快感が全身に広がる。激しく突き上げられる度、耳を塞ぎたくなるようなはしたない水音が聞こえてきた。

けれど、それに羞恥心《しゅうちしん》を感じる間もなく、思考も感覚も全部ドロドロに溶かされてしまう。

「あ……っ、は……ぁあ」

凌が志穂の体の一番深い場所を抉《えぐ》ると、瞼《まぶた》の裏にチカチカと小さな光がいくつも弾ける。自分の奥からせり上がってくる快楽に追いつめられ、呼吸さえままならない。

「志穂、気持ちいいのか？　すごい締め付けてくる……ほら」

「ひゃ……っ、あ、ああっ！」

深々と突き立てたまま、凌の指先が志穂の花芯に触れてきた。途端、電気を流されたように、志穂の腰はがくがくと震える。

血液が沸騰しているみたいに全身が熱くて、今にも意識が途切れてしまいそうだ。苦しくて、激しく胸を喘《あえ》がせる。

「……っ、だから、そんなに力を入れるなって。こっちも……もう」

涙でぼやけた視界に映ったのは、見たこともないほど余裕をなくした凌の顔だった。もしかしたら凌も志穂と同じで、快楽の波に呑み込まれそうなのを必死にこらえているんじゃないか。

そうだったらいいのにと思った。

「凌……さんも、気持ちいいんですか？」

上手《うま》く力の入らない手を持ち上げ、凌の頬に触れる。その頬は熱く、しっとりと汗が浮かんでいた。自分と同じで嬉しくなる。

「私……は、気持ち、いい、です……すごく」

志穂がそう言うと、凌の眉間にぐっと力が入ったのがわかった。ぎりっと奥歯を噛みしめた後、凌は苦しげな笑みをその顔に浮かべる。

「……まったく、悪い奴だな。そんなに俺を煽《あお》って」

「あ……あっ、ああ！」

凌は志穂の両膝の裏に手を掛けて、腰が浮き上がるほど持ち上げる。

「気持ちいいに決まってるだろ」

「……よかった。んっ、あ……ぁあん！」

さっきとは別の角度から深く押し入られ、背中が弓なりに反る。腰の奥が蕩《とろ》けそうなほどの甘く激しい快感に、一瞬で絡め取られた。

「そ、そこ……だ、ダメ。ダメで、す……ぅんんっ、あ、はぁ……っ」

「ここが、いい？」

「や……ダメ、ダメ……っ。そこ、ダメェ……」

鼻にかかる濡れた声は、言葉とは裏腹にもっともっとと強請《ねだ》っている。志穂の中で膨《ふく》らむだけ膨らみきった快楽が一気に溢れた。

「あ……っ、も、もう……っ、あぁ…………っ！」

押し寄せた快楽の波に呑み込まれ、意識ごと真っ白に塗り潰《つぶ》される。吹き飛ばされそうな感覚に、必死にシーツを握りしめた。全身が硬直し、ビクビクと体が跳ねるほど激しい痙攣《けいれん》が襲ってくる。

「志穂……俺も……っ」

「……っひゃ……ぁああ！」

それまでも志穂の中ではっきりとした質量を誇示していた凌自身が、更にその大きさを増す。突き上げるスピードが速くなり、志穂の中で凌が弾けたのを感じた。

「志穂……」

凌が耳元に唇を寄せ、甘く囁《ささや》く。

「意外と俺、こらえ性《しょう》のない奴だって、今初めてわかったよ」

「えっ？」

志穂の中で確かに弾けた彼自身が、再びその存在感を増してきて、志穂は思わず腰が引けた。

「ちょ、ちょっと待ってください。ほら、今終わったばっかりだし……っ、ひゃっ！」

凌の指先が志穂の腹部をなぞり、胸に触れてくる。ほんの微かに胸の先に触れられただけだというのに、電撃が走ったみたいに体が跳ねた。

「ま……っ、待ってくださ……んうっ」

達したばかりの体は、感度が増しているのだろうか。どこに触れられても、苦しいほどの快感が体を貫く。

「待ってって……それは本気？　そんなに欲しそうな顔をしているのに？」

ちゅっと音を立てて耳朶《じだ》に吸い付かれ、それだけで体が震えた。

「ちゃんと思ったことは伝え合おうって、さっき言ったはずだよね？　体は正直だけど、志穂の口は本当のことを言えないの？　……ほら、ここはまだ俺を離したくないって言ってるのに」

凌の長い指が、彼を呑み込んでいる場所に触れた。

「あぁ……っ、意地悪……っ」

言われなくてもわかっている。凌に触れられる度、ぎゅっと中で彼を締め付けていることを。

そして、体だけじゃなくて心も、凌を求めている。

「俺はもっとお前を気持ちよくしたい。志穂は？　嫌ならやめるよ？」

見下ろしてくる瞳は、意地悪な光を放っている。その目が志穂を試している。

——試さなくたって、もうわかってるくせに。

「……嫌。って言うと思います？」

くすっと笑うと、凌も笑みを浮かべた。

「言ったとしても、認めないけどね」

「嫌じゃないです」

「だと思った」

膝裏に手を掛け、胸に付くほど折り曲げられる。そのまま深く奥を抉《えぐ》られた。

「……ひゃ……んっ！　や、やぁ……っ」

繋《つな》がっているところが全部見えてしまうその格好が恥ずかしくて、志穂はぐっと脚に力を入れた。

「は、恥ずかしい……です」

真っ赤に染まった顔で、志穂は凌を見上げて抗議する。けれど……彼は艶《つや》っぽい笑みを浮かべた。

「隠したらダメだよ。全部見たいんだ。お前が全部俺のものだって、ちゃんと確認したい」

——ずるい！

そんな言い方をされては、恥ずかしいからと断ることもできない。

「それとも……やっぱり、やめる？」

答えを知っているくせに意地悪ばかりを口にする凌に、志穂は口を尖《とが》らせた。

「……じゃあ、やめます？」

心にもないことを口にしたのは、ちょっとした悪戯心《いたずらごころ》だ。少しでも焦る凌の顔を見たいと思ったのだが。

「志穂がそうしたいなら……やめるか」

そう言って、すっと身を引こうとした凌に、背筋が冷たくなる。考えるよりも先に志穂は腕を伸ばして凌にしがみついていた。

「や……っ！　やめないでっ。離れないで……」

せっかくこうして触れ合えるというのに、こんなバカみたいなことで離れたくない。もうこの温《ぬく》もりを手放すことなんてできないから。

縋《すが》るような目で見上げると、凌は一瞬目を見開いた。そして少しだけ困ったように、けれど嬉しそうに目を細める。

「もう、離れない？」

「初めから素直にそう言えよ。俺だって、本当はやめるつもりなんてないんだから」

「離さない」

その答えが嬉しくて、志穂は凌の体をぎゅっと抱きしめた。自分も、どんなことがあっても絶対に離れないと心に決める。別々の未来なんて、もう考えたくない。

「ちょっと待って」

凌が腰を引き、避妊具を取り替えるため体を離した。志穂は咄嗟に彼の腕を掴《つか》む。

「あの……付けなくて、いいです。危険な日じゃないし、その……凌さんを直接感じたいから」

じっと見つめると、凌は色気に満ちた表情で微笑んだ。

「正直、俺もそうしたい。万が一ってこともあるけど……でも、その時は責任取るよ」

「……んっ」

自ら薄く口を開け、彼の唇を受け止める。互いの境界線さえ曖昧になりそうな濃厚な口づけに、志穂を幸福感が満たす。

「……っ！　ふ、ぁあっ」

　再び凌自身が、志穂の中に深々と突き立てられた。痛くて切なくて、どこまでも甘い疼《うず》きが体を駆け抜ける。

「……ほら、すごいよ。根元まで呑み込んでる」

「や……っ、そ、そんな……あ、ぁあっ」

　凌の言葉に羞恥心《しゅうちしん》が煽《あお》られるものの、その後の激しい抽送《ちゅうそう》で、そんなものはあっという間に弾け飛んでしまった。

「あ……っ、熱い……っ、あぁ、ん……っぁあ」

　凌を深々と呑み込んでいる場所が熱くて、どうにかなってしまいそうだった。体の奥で膨《ふく》らみ続ける快楽が、今にも爆発しそうで……。

「……あ……っ、あ……………っ」

　もう呼吸もまともにできない。なのに強過ぎる快楽で、苦しささえ感じない。ただ、感じるのは自分の中にある、凌の存在だけ。

「志穂……」

「あ……っ、ん、…………ぁあ！」

　目の前で光が弾け、志穂は全身を硬直させ声にならない嬌声《きょうせい》を上げた。大きく体が痙攣《けいれん》し、何度も快感が弾けて止まらない。

「志穂、愛してるよ」

自分の名前を呼ぶ湊の声を聞きながら、志穂はそこで意識を手放した。心も体も満たされて、感じたこともないような幸福感に包まれていた。


仄《ほの》かな出汁《だし》のいい香りが鼻孔《びこう》をくすぐり、志穂は睫《まつげ》を揺らしてゆっくりと瞼《まぶた》を上げた。

頭がぼんやりとし、一瞬自分がどこにいるのかわからなかった。けれど、見慣れない家具に普段とは違う寝具、しかも裸の自分に、一気にこの状況を理解する。

「私、あの後、ぐっすり寝ちゃったんだわ……っ」

と、志穂は頭を抱えた。時計が見当たらないのでどれくらい眠っていたのかわからなかったが、窓の外はもう薄暗く、陽が傾く時間なのだということがわかった。

昨夜ほとんど眠れなかったとはいえ、人のベッドでどれだけ熟睡しているんだよ。と、自分に突っ込みを入れたところで、志穂はやっと隣に湊がいないことに気が付いた。

隣にいない湊、それから仄かに漂《ただよ》ってくる出汁の香り……志穂はハッとして、ベッドの下に散らばっている衣類をかき集めると、慌てて身につけた。

身支度を調えて寝室のドアを開けると、出汁の香りは強くなる。そうっとリビングのドアを開けると、キッチンに立っていた湊がすぐ志穂に気付いた。

「ああ、志穂、起きたのか？」

小皿を手に微笑みかけてくる湊に、志穂は「すみませんっ」と深々と頭を下げた。昼食は私が作ると言っておきながら、結局はお湯さえ沸かすことなく、しかも夕方まで熟睡してしまった。状況から察するに、先に起きた凌が料理を作ってくれたのだろう。

「なに急に謝ってんの？　ちょうど呼びに行こうと思ってたところなんだ。ほら、座れって」

「い、いえ……あの、だって、私、昼食も作らずにずっと寝てて……」

「ああ、気にするなって、とにかく座れって。腹減ったろ？」

ぐいぐい背中を押され、志穂は椅子に腰掛けた。戸惑う志穂を尻目に、凌は器《うつわ》によそったうどんを持ってくる。

更にふたり分の箸《はし》を用意すると、凌は志穂の向かい側の席に座った。

「はい、じゃあ、いただきます」

「……いただきます」

手を合わせる凌に倣《なら》って、志穂も手を合わせる。そして、目の前に置かれたうどんの入った器をまじまじと眺めた。

うどんは、それはそれは美味《おい》しそうに見える。

澄んだスープはいい香りで、ネギのみじん切りは完璧。落とされた卵の半熟具合も文句の付けどころがない。しかも花型に飾り切りされたニンジンまで付いている。どう見ても初心者の作ったものには見えない。

「どうした？　食わないの？」

「い、いえ。いただきます」

志穂はおそるおそるうどんを口に運んだ。

「……っ、美味しいっ！」

「だろ？　俺もびっくり」

「びっくりって……どうやって作ったんですか？　凌さん、料理はほとんどできないはずでしたよね？」

「ああ、ネットで作り方調べた。本気出せば案外簡単に作れるもんだな」

と、白い歯を見せて笑う凌に、志穂は彼が昔からなんでも器用にこなすことを思い出した。

部活ばかりしているようで成績もよかったし、絵なんかも結構上手《じょうず》だった。そういえば、家庭科の課題が終わらなくて部室で必死に裁縫をしてたら、見かねた凌がひょいとそれを奪い取って、それはそれは器用に仕上げてくれたこともあった。

志穂は何度も針で指を刺したのに、悔しくなるくらい鮮やかな手つきで縫《ぬ》い物をする凌に、思わず嫉妬したくらいだった……

それを考えると、たとえ料理をしたことがなくても凌がやる気を出せば、あっという間にできるようになるだろう。

「凌さんって、昔っから本当に器用ですよね。私が教える必要なんてなかったじゃないですか」

つい、恨み言が出てきてしまう。だってニンジンの飾り切りなんて、志穂だってやったことはない。

「まあ、そうかもしれないけど」

「否定しないんですね」

少しだけ寂しいと思ってしまったことは内緒だ。

「でも、なんでも器用にできたからって、そこに志穂がいないとどれも面白くないから」

「……へ？」

凌は箸《はし》を置くと、志穂を見つめてくる。優しくて温かな瞳は、真っ直ぐでどこまでも真摯《しんし》だ。そんな凌の視線に、志穂は箸を置くことも忘れて見つめ返すことしかできない。

「実は、トラウマだったんだ」

そう言って、凌はどこか情けない笑みを浮かべた。どこかで聞いたことのあるセリフだと心の中でぼんやり思った。

「お前が突然、俺を避けたこと。正直、お前は俺のことが好きなんだと自惚《うぬぼ》れていたから。あの頃の俺、自信過剰だったし、心が折られた気がしたよ」

凌の言葉に志穂は息を呑む。

「あれから、恋愛にのめり込めなくなった。どれだけ俺が信じたところで、相手が同じように思ってくれるとは限らないってね。だから……お前と再会した時、俺も思ったんだ。今度こそ、俺のことを好きにさせることはできないかって。報復することはできないかって。まあ、あれだ。いかに器《うつわ》の小さい男だったかって話だよな」

苦笑いする凌を、笑う気にはなれなかった。自分だけじゃなく、彼もまた十年前の出来事に囚《とら》われていたなんて、考えたこともなかった。

「でも、今となってはよかったと思う。あの出来事があったから、今度こそ大事にしたいって思えるから」

微笑みかけられて、うっすらと涙が浮かぶ。幸せな温かい涙が。

「だから今度こそ、俺の前から急に消えたりするなよ？」

そんな凌の問いかけに、志穂は笑みを浮かべた。鏡の前で練習してきた笑顔じゃない。きっと、今までで一番素直で、一番幸せに満ちた笑みを。

「……この先ずっと、うどんは凌さんの担当ですからね？　こんなに美味《おい》しいうどん、私、この先十年経っても五十年経っても作れませんから」

――だから、ずっとずっと、一緒にいてください。

そんな願いを込めて、志穂は素直じゃない言葉を紡《つむ》ぐ。

「わかったよ。この先、ずっとな。ずっとだぞ？」

「……はいっ！」

この先も、すれ違ったり誤解したりすることがたくさんあるだろう。

けれど、この恋を二度とトラウマにしないと……トラウマにはならないと、志穂は強く信じることができた。

これがきっと、最後の恋になるんだと。

恋愛小説「エタニティブックス」の人気作を漫画化!
Eternity COMICS
エタニティコミックス 第8弾!
EC Eternity COMICS
泣かせてあげるっ
原作:沢上澪羽 Reiha Sawakami
漫画:渋谷百音子 Moneko Shibuya
あっ ダメ……
ダ…メ
ふ……
……朱里さん 可愛い
ん
う…

EC Eternity COMICS
泣かせてあげるっ
漫画 渋谷百音子
原作 沢上澪羽
朝も昼も夜も、
年下のカレと秘密の恋愛
僕を感じて。
エタニティCOMICS
職場の後輩はとんでもないケダモノで!?

過保護な幼なじみ
大好評連載中!
(毎月第2水曜日更新)
漫画 スミコ《Sumiko》 × 原作 沢上澪羽《Reiha Sawakami》
絶対お兄ちゃんから自立してやるんだから!
いっそ―…
俺なしではいられなくなればいいんだ
意地っ張りな彼女×エロ歯科医のラブ攻防戦が待望のコミカライズ!
ETERNITY WEBMANGA
エタニティWEB漫画!
無料で読み放題!
他にも人気漫画が多数連載中!!
今すぐアクセス!
エタニティ Web漫画
検索

エタニティ文庫

エタニティ文庫・赤

泣かせてあげるっ

沢上澪羽

装丁イラスト／黒枝シア

酔った勢いで職場の新人・葵《あおい》と一夜を過ごしてしまった朱里《しゅり》。しかも、二人は指導係と新人看護師というお堅い関係。これはマズいと焦る朱里に、葵は天使の笑顔でこう言った。「責任とって僕のものになってくださいね」。──突然、貞操も社会的立場も大ピンチ⁉ 可愛いはずの年下男子とのちょっとキケンな下克上ラブストーリー！

エタニティ文庫・赤

モトカレ!! 1〜2

沢上澪羽

装丁イラスト／黒枝シア

友達の結婚式で、偶然『モトカレ』の櫂理《かいり》と再会したメイ。３年前に辛い別れをして以来、その微笑みも手の熱さも、ずっと忘れようとしていた。そしてこれからも──
なのに数日後、突然彼がメイの家にやってきた！ しかもここに引っ越してくるって……どういうこと⁉ 一つ屋根の下、ちょっとアブナい共同生活が幕を開ける！

※エタニティブックスは大人の女性のための恋愛小説レーベルです。ロゴマークの色で性描写の有無を判断することができます（赤・一定以上の性描写あり、ロゼ・性描写あり、白・性描写なし）。

詳しくは公式サイトにてご確認ください。
http://www.eternity-books.com/

携帯サイトはこちらから！

B6判　定価：640円＋税　　ISBN 978-4-434-21878-1

沢上澪羽（さわかみ れいは）
北海道在住。2007年よりwebにて小説を執筆。自サイトにて恋愛小説やホラー小説などを公開。趣味はドライブと映画鑑賞。

HP「りんどう庵」
http://sawkamireiha.blog29.fc2.com/

イラスト：小島ちな

トラウマの恋《こい》にて取扱《とりあつか》い注意《ちゅうい》!?

沢上澪羽（さわかみ れいは）

2016年5月31日初版発行

編集－本山由美・羽藤瞳
編集長－塙綾子
発行者－梶本雄介
発行所－株式会社アルファポリス
〒150-6005東京都渋谷区恵比寿4-20-3恵比寿ｶﾞｰﾃﾞﾝﾌﾟﾚｲｽﾀﾜｰ5階
TEL 03-6277-1601（営業） 03-6277-1602（編集）
URL http://www.alphapolis.co.jp/
発売元－株式会社星雲社
〒112-0012東京都文京区大塚3-21-10
TEL 03-3947-1021
装丁イラスト－小島ちな
装丁デザイン－ansyyqdesign
印刷－大日本印刷株式会社

価格はカバーに表示されてあります。
落丁乱丁の場合はアルファポリスまでご連絡ください。
送料は小社負担でお取り替えします。

ISBN 978-4-434-21984-9 C0093